【新版】日本の民話 別巻1

みちのくの民話

東北農山漁村文化協会 編

未來社

序にかえて

その数は必しも多いといえなかった民俗学者の、きわめて地味な、そしていいようのない苦労をともなう永い努力をいわば母胎として、民話の問題は今日さまざまな花を開きはじめている。

戦争中にやっとはじめて民話に関心をもった私などが、そこで最初にうけた感じは、こころのよりどころの発見とでもいうようなものであった。遠い昔から語りつたえられて来た民話というものは、そのままなつかしい私たちの祖先の息吹きを感じさせてくれる。一種のほっとした安堵感がそこにはあった。

けれども次に疑問がおこった。懐古的に過去の情緒にひたっている自分、そのような自分に対するもどかしさを感じたからである。そこで民話が現代において、あるいは未来に対してもっている意味は何かということが私の問題になった。

発生以来代々語りつがれてきた時と場所とに応じて、過去における民話は、いわば実用的なはたらきをもっていたに違いない。あるいは娯楽としての、あるいは教訓としての、あるいはまた祭りをとり行うための、その他さまざまの具体的な役目を果しつつ、民話は日本中の村々で語りつがれてきたにちがいないのである。けれども学校ができ、絵本がつくられ、新聞からラジオまでが奥深い山村の隅々にはいりこむようになった今日、古来の民話は、もうその役割を失って、色あせた遺物のように見えなくもないではないか。

だが、果してそうだろうかというのが、その次に起きた疑問であった。民話のもつあのなつかしさを、ただ過去への郷愁だといい切っていいものなのだろうか。

戦後日本の民話の問題は、私と同じような素朴な疑問をもつ多くの人々の協力によって展開されてきたといえる。

われわれは今日、それを民話と呼んでいいような、ということは、特定の作者ではない多くの人々によって自然につくり出された普遍的なものがたりが、民衆のなかから毎日のように生れていることを知っている。それらの話は、上にいったような意味での実用性をもってはいないとしても、生活の実感からうみおとされた話であることにまちがいはないし、それを話題にすることによってお互いを明るくし、場合によっては力づけさえするはたらきをもっている。

過去の民話が、やはり同じように過去の日本民族の生活の哀歓からうみおとされ、語りつぐ代々の民衆の知恵をその中にこめられつつ伝わってきたものである以上、過去の民話と現代の民話と、さらにこれからつくりだされていくであろう民話とをひっくるめて、そこに含まれている本質的な問題を明らかにしたいということ、民族の伝統と創造との問題を民話に即して考えていきたいということが、戦後の民話研究の日程に上ったのは当然といえるだろう。そのような視点での考察は、たとえば『民話の発見』（民話の会編、大月書店）や『講座民話の世界』（未來社刊行予定）などで、歴史学者や民俗学者や芸術家や、市民、労働者の多くの参加によって、せい一杯に論じられて来たし、論じられて行くであろう。戦後十年の歩みとして、これらの成果は決して十分とはいえないとしても、しかしとにかくここまで来たのである。この本の読者が、これらの研究をも参照されることを、私は期待する。

けれども一方、そういう研究が進められれば進められるほど、私たちはもとの民話そのものにかえることを忘れてはならないだろう。民話そのものからだんだん離れて、いわば「理論的な」論議だけが先へ進んで行くことは、ことに民話の問題を考える場合、最もいましめられねばならないことである。私たちは民話をよく読む必要がある。もちろん民話は本来「聴かれるもの」であった。私たちはナマの民話を、ナマの語り手の口を通して聴くことを心がけねばならない。けれどもそれは、今日すでにきわめてむずかしいことになってしまっている。せめて私たちはよく読まなければならない。柳田国男氏のぼう大な論考と蒐集、関敬吾氏の『日本昔話集成』（全六巻、角川書店）や『日本の昔ばなし』（全三巻、岩波文庫）などなど、すでに多すぎるほどの資料を私たちは与えられている。そのリストに新たに加えられたこの『みちのくの民話』一冊をも、だからよく読みながら、これだけの民話を集められた編集当事者の苦労を、私たちはかみしめてみたいと思うのである。

文字にかきとめられて固定化されることがなかったというところに、過去の民話の成長はあったといえる。それを語りつぐ無数の人々の知恵が、語りつぎ語りかえて行く過程の中で、それぞれの話のうちにこめられてきたからである。そのような形での語りつぎがなくなり、一人で読むことによって過去の遺産をうけつぐという立場におかれている今日の私たちは、ではどうしたらいいだろうということも、この本の読者に考えていただきたい問題の一つである。この本を読んだ私たちとして、私たちの祖先の生活の知恵に私たちの知恵を足して、それを私たちの生活のなかに生かす方法はないものだろうか。さきにいった学者や芸術家の仕事も、実はそのことを進めるための補助的な手段なのだといえなくはない。

ただしことわっておきたいことは、この『みちのくの民話』は、実はこの本自体、そのような意図を中にこめた仕事でもあるのである。つまり方言で語られた原話を、この本の筆者たちは、児童の心に通りやすい表現で再話している。上にのべた問題を考える材料であると同時に、またこの点でのこころみをこころみた本として、読者は『みちのくの民話』をうけとられたい。『みちのくの民話』が、読者の生活のなかへひろがっていってほしいと私は思う。上にのべた、またのべなかったさまざまな視点からの感想や創意を、読者は編集者へ書き送ってほしいと思う。これらの話を私たちに贈ってくれた、名もない私たちの祖先への、それは何よりもよい「お返し」ではないだろうか。これだけの話を、やっと一冊の本にまとめた編集者、筆者の苦労も、そこで初めてむくいられるということになるだろう。

一九五六年五月　　木下順二

みちのくの民話　目次

いわて

みやぎ

ふくしま

カバー・さし絵　中津川雄久・関川治男

人間《にんげん》が生《う》まれるまえのはなし

この日本列島《れっとう》に、まだ人間《にんげん》がすみつく前のはなしである。けわしい岩はだをむき出してそびえている山々、きりのそこに深いねむりをつづけている谷間《ま》、かがみのような水面《すいめん》をきらきら光らせている湖《みずうみ》やぬま、はてしない暗《くら》やみにつつまれている森や林、大きな雲があるときは、ゆったりとのしかかるように、あるときは、はやてのようにすさまじい勢《いきおい》で列島《れっとう》を横断《おうだん》して飛《と》んでいった。

ねしずまったような日本列島のはてで、とつぜん、何ものかがうごき出した。

「ああーっ、おらもっと背《せ》が高くなりてえ。もっと、でかくなりてえ。」

鳥海《ちょうかい》山である。かたをゆさぶるようにして、ゆさゆさと体《からだ》をうごかした。雲がおどろいて四方に飛び散っていった。ふもとの黒々と続《つづ》いた森が、もの音におどろいて目をさました。

「だれだーっ、どえらい声を出すやつは。とうとう目がさめてしまったわい。何千年ねむりほけたことか。――おや、ねむる前と同じように白い雲がとびおるわい。

おやおや、あちらでも、こちらでも、地面がむくむく、むくむくもり上っていきおる。あっちの山は、もう雲の上に顔を出しおったぞ。

おーい。鳥海よう、お前より羽黒《はぐろ》の方がでっかくなりそうだぞうーっ。」

ふもとの声に、ふりかえった鳥海山が、はるかかなたをすかしてみると、なるほど、羽黒山も、むくむくむくむくとがんばっている。いやいや羽黒山だけじゃない、そのも一つ向うで、月山《がっさん》もむくむくむくとせのびをはじめている。

「こうしちゃおられんぞ、さて、もうひとふんばりだ。」

鳥海山も、またかたをいからし、こしをゆっさゆっさとうごかして、せのびをはじめた。

「岩一つでも高くなりてえ」

と、いっては、口から大きな岩を吐《は》き出した。ごろごろごろごろと大きな岩や小さな岩が、雲の上まで、とんでいっては、それぞれの山のちょうじょうにどすんどすんと落ちていった。

しずけさはかんぜんにやぶれた。もっと北の八甲田山《はっこうださん》もゆう大なすがたを、ぬっくとあらわして、すぐそばの東岳《あずまだけ》によびかけた。

「やい、東岳、お前の体は何とひんじゃくだな、一つ、おれの家来《けらい》にならないか。」

「なにを、いまに見ておれ、うんと大きくなって、お前をぽんと一足でけってやるわ。」

負けずぎらいの東岳がこたえた。かんしゃくもちの八甲田山は、

「ようしいったな、それじゃ、どっちが大きくなるか、せいくらべだ」

と、どなって、足をふんばった。東岳も負けずにくびをのばした。遠くで見ていた八郎潟《がた》が、波を立ててわらいながら、

「八甲田山よ、とてもそんなことじゃ、西の国の富士山《ふじ》には勝てそうもないね。八ヶ岳《だけ》と同じように、こっぱみじんにくだかれてしまいそうだよ。ワッハハハ……」

と、いった。いかりくるった八甲田山は、いきなり東岳の顔を、思いきりなぐりつけた。あまり力が強かったので、東岳の頭は津軽平野《つがるへいや》をとびこして、岩木川《いわき》の向うまでとんでいった。そして、うっかり二つの山のあらそいを見物《けんぶつ》していた岩木山のかたのところへ、どすーん、とぶつかって、そこへめりこんでしまった。あまりのことに、岩木山はしばらく、ゆれがとまらなかった。ふもとの森がざわめいた。

「らんぼうするなよ、八甲田山、
らんぼうするなよ、八甲田山。」

ところが、かんかんにおこっている八甲田山には、そんな声はきこえない。

「おもいしったか、東岳、
おもいしったか、東岳」

と、顔をまっかにして、あたり四方に岩をふりとばしている。東岳は首がなくなってしまったので、だまりこくって、どうなかをさすっている。八郎潟はあまりのことに、八甲田山をうらめしく思って、みんなによびかけた。

「みんなで声をそろえて、八甲田山をしずまらせよう。」

みんなは、すぐに、そのよびかけにおうじた。なかでもやさしい乙女《おとめ》の田沢湖《たざわこ》は、八甲田山のこのしうちをにくんだ。そしてまわりの山々によびかけた。

「高森山、よくって。しっかり大きな声でどなってやるのよ」

「よーし、わかったぞおーっ」

と高森山。

「烏帽子《えぼうし》岳、よくって」

「よーし、わかったぞおーっ」

と烏帽子岳。

「笹《ささ》森山、よくって」

「よーし、わかったぞおーっ」

と笹森山。

「大森山も、院内《いんない》岳も、よくって」

「よーし、わかったぞおーっ」

と大森山と院内岳が、声をそろえてへんじをした。

田沢湖がざわざわと波を立てておんどをとると、まわりの山々がいっせいにさけびだした。

「らんぼうするなよ、八甲田山、
らんぼうするなよ、八甲田山。」

鳥帽子岳なんかは、鳥帽子をふって調子《ちょうし》をつけた。声はだんだん大きくなって太平洋《たいへいよう》から日本海までひろがっていった。すると、岩手山が焼《やき》山をさそって、なかまに入った。声はますます大きくひろがった。

「らんぼうするなよ、八甲田山、

らんぼうするなよ、八甲田山。」

谷をこえ、森にこだまして雲の上までひろがっていく。とうとう岩木山のそばの田代《たしろ》岳や白神岳までが、かせいをしはじめた。

あちらからも、こちらからも、

「らんぼうするなよ、八甲田山、

らんぼうするなよ、八甲田山。」

全東北《ぜんとうほく》のさけびとなった。ただ十和田湖だけが、あまり八甲田山に近いのでこわかったのか、それとも八郎潟に先をこされたのではずかしかったのか、ひとりだまってなかまに入ってこなかった。

南の方で、

「おれの方が高い」

「いや、おれの方だ」

と、せいのくらべっこをしていた鳥海山と羽黒山と月山は、時ならぬ、この大声におどろいて、北の方をみてみると、山はかたをゆらせ、森は木々をふり、湖は波を立てて、さけんでいる。

たくさんの声が一つにとけ合って、きこえてくる。
思わず、鳥海山がいった。
「なんて、すばらしいんだろう、
なんて、うつくしいんだろう、
みろ、あんな小さな山までが、一生けんめいさけんでいるぞ。」
月山も少しのりだしながら、
「よし、おれたちも、かせいしてやろう、
さ、いっしょに声をそろえて、一、二、三。」
「がんばれよーっ。しっかりやれよーっ。
鳥帽子岳、高森山……
おれたちもかせいするぞーっ。それっ。
らんぼうするなよ八甲田山、
らんぼうするなよ八甲田山。」
さすがの八甲田山も、これでは、らんぼうをはたらくわけにはいかなくなった。だまってなりをひそめてしまった。ひとりぼっちにとりのこされた十和田湖は、八郎潟をうらめしそうににらみながら、これもだまって、顔を赤らめてしまった。

やがてしずまりかえった山や谷や森の間をぬって、美しい乙女の歌声が流れてきた。

あきもせぬのに
あきたのかたへ
やらか雨水《うすい》の琴《こと》の湖《うみ》

歌声は田沢湖からきこえてくるのだった。ゆうかんにみんなによびかけた八郎潟の勇気《ゆうき》とちえをたたえるために、田沢湖の姫《ひめ》が、ことをかなでて、歌をうたっているのだった。湖のまわりにそびえる院内岳も大森山も高森山も、うっとりとして、ひめのうたう歌声にきき入っていた。

すると、とつじょ、北の方で、十和田湖が、

「そんな歌、やめれ、
そんな歌、やめれ」

と、どなって、波をばちゃばちゃさわがせた。岩手山が、

「しずかにしないか、せっかく姫《ひめ》さまがうたっているに」

と、なだめしずめようとしたが、十和田湖はきかなかった。

「八郎潟のやつがにくらしい、ひとりでいいきになりおって」

と、八郎潟の方を、にらみつけた。八郎潟はだまって、歌にきき入っている。すると、ますます十和田湖はおこりだした。

「ようし、いまにみていれ。海の中につん流してやるわ」

と、大きな岩を、たくさん八郎潟へ向かって投げつけてきた。男鹿《おが》半島をたたき切って、八郎潟を海の中へ、流しこんでしまおうというたくらみなのだ。もう、こうなっては、ひめの歌どころではない。ばらばらばらばらと大小の岩が男鹿半島めがけてとんでくる。男鹿半島は一生けんめいふんばったが、もうささえきれなくなってきた。

　そのときである。いままで、ゆったりゆったりと、日本海へ水をそそぎこんでいた雄物《おもの》川と能代《のしろ》川が、急に、ごうごうとすさまじい音を立てて、うなりはじめた。しずかだった水面には、山のような波があれくるいはじめた。そして上流《じょうりゅう》からたくさんの土砂《どしゃ》をさらっていっては、男鹿半島めがけて、はき出しはじめた。

　一たんくずれそうにみえた男鹿半島は両がわから、たちまちの中に土砂がつみかさねられていったので、もういくら岩がとんできても、びくともしなくなった。

「能代川、ありがとうよ。」
「なんの、これしき。」
「雄物川、ありがとうよ。」
「なんの、これしき。」

二つの山の川上の山々も、どんどん土砂を川の中にけ落しておうえんした。

「それ、いくぞ、どんどん流せ能代川。」
「それ、この小山をやるぞ、どんどん流せ雄物川。」

男鹿半島をくずして、八郎潟を海の中へ流しこむことは、とうとうできなくなってしまった。

八郎潟は前よりも強く、しっかりと男鹿半島のふところにいだかれて、まもりぬかれた。

十和田湖のわるだくみはこうしてやぶれた。

田沢湖のひめは、また、前よりも美しい声でうたいはじめた。ひめのかなでることの音は、いつまでもいつまでも、まわりの山々にこだまして、きれいなねいろをひびかせていたという。

はなし　東京都　吉沢和夫

吉沢先生は東京都立大森高校の先生をしていらっしゃいますが、民話《みんわ》の会をおつくりになられ、東北の民話もたくさん書いておられます。東北のみなさんを心から愛しておられる先生は、この度も私達のために、「人間が生まれるまえのはなし」を書いてくださいました。みなさんといっしょに、先生にお礼《れい》を申しあげましょう。

あおもり

からす

烏《からす》からす　かん三郎《ざぶろう》
うが家《え》コ　どごだば
小沢《こざわ》の松原《まつばら》
うが家《え》さ　よって
あずきまんま三べェ
白いまんま三べェ
ガオガオど　かっぽげ

採譜　仙台市　武田忠一郎

火の太郎

〔青森県〕

お菊《きく》は、夕ごはんを食べてから、庭へ出ました。お日さまは、岩木山《いわきさん》にかくれてしまって、お菊の大すきな美しいおしろ（弘《ひろ》前城《さきじょう》）の松も、もう見えなくなりました。茂森《しげもり》のお寺のかねが、ごーん、ごーんとさびしくきこえて来ました。

すずめすずめほうし　山あていがれネ（いかれない）
どのすずめほうし　川あていがれネ
アコちゃんすずめほしごし　はねコけらはでとんでこい
はねコネでとばれネ　バオバオバオ
はねコけらはでとんでこい　バオバオバオバオ

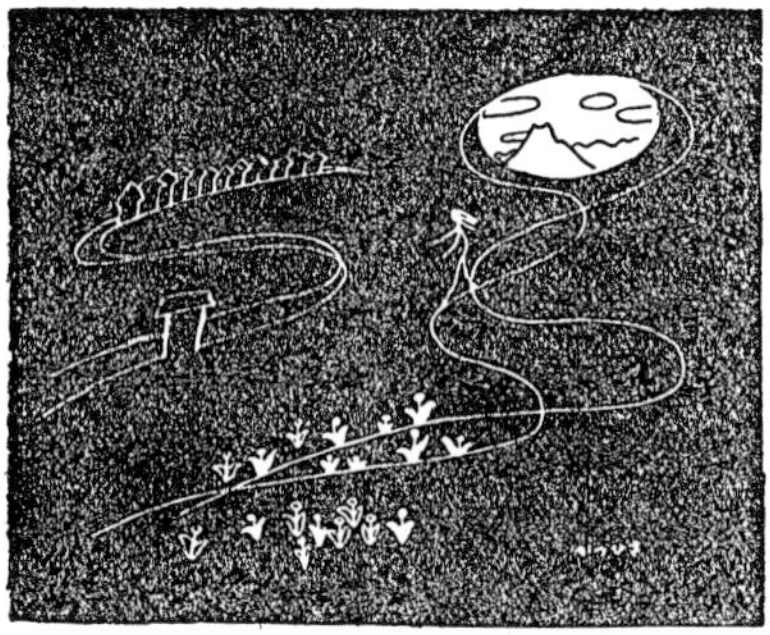

と、通りの方から、まりつき歌がきこえてきました。

お菊もその声にあわせて小さな声で歌いながら庭をあるいていきますと、ふと、今まで見たことのない大きなあなの所に出ました。

お菊は、ふしぎに思ってその中をのぞいて見ますと、とても深そうで、おくの方はくらくて何も見えませんでした。だれが、このあなをつくったのだろう、そしてあなの中には、なにがかくしてあるのだろう、とお菊は思いました。

するとお菊は、きゅうに中に入ってみたくなって、ずんずんあなの中に入っていきました。それはそれは長い道でしたが、道のりょうがわには美しい花がいっぱいにさいていました。お菊は、そのあいだを、「からかいご」の歌をうたいながら歩いていきました。

からかいご　からかいご
だれのった　からかいご
アコちゃんのった　からかいご

だんだん行きますと、大きな黒い門がたっておりました。お菊が、その門をたたきますと、中から一人のわか者が出てまいりました。きれいですが青い顔をして、どことなく元気のなさそうなわか者でしたが、お菊を見るとたいへんよろこんで、門の中にあんないしてくれました。

「わたくしは、火の太郎といって火の国のものです。鬼《おに》につかまってしまって、毎日毎日鬼からいじめられているのです。あしたあたりはきっと、火あぶりにされるのでしょう。せっかくいらっしゃったのに、さしあげるものもありませんが。そうそう、うらにあるくらをみていってください。これがくらのかぎです。くらは十三あります。でも、十二番目のくらまでは入ってもかまいませんが、さいごの十三番目のくらだけは、決してあけないでください。わたくしもおとうさんからそういわれて、まだ見たこともありません。いいですね、十三番目のくらですよ。」

火の太郎は、そういうと、黒いかぎを一つお菊の手にわたして、門から外へ出ていってしまいました。

お菊は、手の中の黒いかぎをじっとみていましたが、はやくみたくてたまりません。さっそく、くらの方に走っていきました。

一番目のくらをあけました。すると、どうでしょう。もんつきを着た美しい小人《こびと》たちがおおぜい、とてもたのしそうに松かざりのまちを、年始《ねんし》まわりにあるいていました。小人のむすめたちも、きれいな着物を着て、ハネつきをしてあそんでいました。一番目のくらは、お正月《しょうがつ》だったのです。

よろこんだお菊は、二番目のくらの戸をあけました。

そこは二月で、さきはじめたうめの花が美しく、とてもいいかおりがしていました。小人の子どもたちは小さいたこを風にうならしてあそんでいました。

三番目のくらはなんでしょう。

そこはもものせっくでした。美しい着物を着た小人のむすめたちは、きれいにかざられたおひなさまの前で、うたをうたいながら、たいへんうれしそうにあそんでいました。

四番目のくらは、四月で、おしゃかさまのおたんじょうをいわう小人の老人《ろうじん》たちが、まごの手をとりながら、のんびりとお寺の方にあるいていくのが、たくさん見えました。

お菊はだんだんおもしろくなって、五つ目のくらの戸をいそいであけました。

そこはからりと晴れたあたたかい五月で、青い空にはこいのぼりのこいがいきおいよくおよいでいました。おざしきには、勇《いさま》しい武者人形《むしゃにんぎょう》がかざられています。小人の子どもたちはたのしそうに、しょうぶやよごみで屋根をふいてあそんでいました。

つぎの、六つ目のくらは、とてもいいお天気で、きれいな川のふちに、小人のおかあさんたちが、せっせとおせんたくをしていました。又、むこうのたんぼでは田うえうたをうたいながら、せっせと田うえをしている、すげがさをかぶった小人のお百しょうさんのすがたも見えていました。

七つ目のくらの戸をあけますと、そこは七夕祭《たなばたまつり》でした。おおぜいの子どもたちが、笹に天《あま》の川とかいた紙きれをつけて、さかんにかざりつけをしていました。

お菊は八つ目のくらにきました。

そこは八月の十五日、まんまるい十五夜のお月見でした。子どもたちのつくえの上に、かきやりんごなどを、たくさんのやさいといっしょにかざって、明月《めいげつ》をながめていました。ぼんのようなお月さんは、つくえの上のおだんごをじっと見ていました。

お菊は九つ目のくらの戸をあけました。

そこは九月で、秋びよりの山あるきをしているところです。小人たちはたのしそうに、おにぎりをもって山へ山へとあるいていました。

もう十番目のくらの前に来ました。

そこは十月のくりひろいのところでした。くりの木によじのぼった小人が、いきおいつけて木の枝をうごかしますと、たくさんのくりがバラバラとおちてきます。下にいるおおぜいの小人たちば、むちゅうでそれをひろっていました。

十一番目のくらは、そこは十一月で、風ももうつめたく、はつしものけしきです。家の屋根の下には、大根やほしがきが下げられているのが見えます。その庭さきでは、たくさんのとりいれでうれしそうなお百しょうさんがせっせとお米をつくっていました。

十二番目のくらは、どこを見てもまっ白の雪の世界で、その中で小人の子どもたちは小さな雪だるまをつくったり、雪がっせんをしたりして、元気にあそんでいました。それはちょうど、津軽《つがる》の冬のようでした。

お菊はこうして十二のくらにしまわれているいろいろなようすを見てきました。

そうして、とうとう十三番目のくらの前にやって来ました。火の太郎が、けっしてあけてはいけないといった十三番目のくらです。お菊は、黒いかぎをにぎって、じっとそのくらの戸を見つめていましたが、見てはいけないといわれると、それだけに見たくてしようがありません。

あけようか、あけまいかと、まよいながらも、お菊はだんだんくらの戸に近づいていました。そして思いきってあけることにきめました。

いそいでかぎを戸口にあててみましたが、戸はさびついていてなかなかあきませんでした。やっとのことあけて、中に入ってみますと、これまでのくらとはちがって、それはりっぱなお部屋《へや》でした。

お菊はずっとおくの方に入っていきました。すると、とこのまのちがいだなにただ一つのっている黒ぬりのはこが目に入りました。

はて、なにが入っているのだろうと、お菊はそっとふたをとって中をのぞいてみました。すると、まるいガラス玉のような、そしてやわらかいものが、二つうきでていました。めずらしいものを見つけたようにお菊は、それを手にとって見ていましたが、やがてそれをふところに入れると、いそいでくらから走り出ました。美しい庭をよこぎってにげるように走ったお菊は、やがて水のきれいな小川《おがわ》のふちに出ました。

お菊は、大へんのどがかわいていました。そこで、川岸にしゃがんで水をのもうと顔を出しましたところ、へんな形をした木のえだが水にうつっていました。お菊はおかしいと思いながら、ふとそばの松の木を見あげますと、大きなへびが松のえだにからみついていて、じっとお菊をにらんでいました。

びっくりしたお菊は、その小川をとびこえてにげました。そのひょうしに、ふところに入れておいた二つのまるい玉のうち一つがころげおちて、川の中へ流れていってしまいました。

お菊は、おおいそぎで、黒い門の所にかえってきました。ちょうどそのとき火の太郎がかえってきましたが、お菊は十二のくらを見てうれしかった話だけをして、けっして十三番目のくらを見てからのことは話しませんでした。

火の太郎はよろこんで、にこにこがおでお菊の話をきいていました。

その時、ドヤドヤとさわがしい音がしたとおもうと、おくの方からおおぜいの鬼どもがやって来ました。お菊は、はじめて見る鬼のおそろしさに声も出ず、ただブルブルとふるえていました。

しかし、鬼どもは、角《つの》をまげて、二人にていねいにおじぎをしていいました。

「今晩《こんばん》は。おかげさまでわれわれの大しょうの目玉が一つ見つかりました。へびの知らせで前の小川でひろってまいりました。どうぞ大しょうの顔を見てください。」

二人は鬼の大しょうを見ますと、おどろいたことには、一つの目玉しかなく、それが、ぶきみにひかっていました。

「じつは……」と鬼の大しょうも、角をまげていいました。

「わたくしの目玉は、何十年か前に、あなたのおとうさまに、二つともとられてしまったのです。ハイ、わたくしが悪いことをしましたので、おとうさまからおこられて、それでとられたのです。あなたをいじめましたのも、そのかたきうちのためだったのです。それが、きょうこうして一つの目玉が見つかってよろこんでおります。もう一つの目玉もどうぞおかえしください。これからは、けっしてあなたさまをいじめるようなことはいたしません。もしわたくしの目玉が、二つとももとのとおりになるのでしたら、何のたからもいりません。このたからものは、ぜんぶあなたにさしあげますから、どうぞもう一つの目玉もおかえしください。おねがいいたします。」

火の太郎は、たいへんおどろきました。そしてお菊に、

「あなたは、わたくしになにか、かくしているのではありませんか」

と、ききました。

「ハイ、じつはあなたから、けっしてあけてはいけないといわれた、十三番目のくらの戸をあけて見てしまったのです。そして、黒いはこの中のものが目玉と知らずに持って出て、とちゅうで大きなへびをみて、びっくりしてにげるひょうしに一つおとしてしまいました」

と、いいますと、鬼の大しょうはよろこんで、

「それ、それ、そのもう一つの目玉をわたくしにくださいませんか、お願《ねが》いします」

といいました。

そこでお菊はふところからもう一つの目玉を出しました。鬼の大しょうはたいへんよろこんで、すぐにもう一つの目にはめこみました。

火の太郎は、ほんとうにたくさんのたからものをもらいました。お菊もたいへん喜んで、火の太郎となかよくくらしました。

二人は「むかしむかしのものがたり」の歌をうたっていました。

からすガアてかんざぶろ
とびアくまののかねただぎ
かねコねで　どのながさねだけア
から竹《だけ》一本みつけだ

原　文　弘前市第二大成小学校教諭　斉藤正
はなし　仙台市東北農山漁村文化協会　宮川弘
〃　仙台市常盤木学園　上田吉彌

はまぐりひめコ

〔青森県〕

むかし、親こうこうな男の子がおりました。まごばさま（ひいおばあさん）と、おどさまとおがさまと、四人でくらしていました。大へんびんぼうで、ふた親とも病気になりましたが、思うようにくすりものませられないし、やっとその日の米だいをかせいでいました。そのうち、ふた親ともなくなって、まごばさまと、二人ぐらしになってしまいました。子どもは、たいへんこうこうなので、きんじょでは、少しの用でも子どもにもたさせて、お金《かね》をやっていました。子どもは、山でたきぎをひろったり、海へ出て魚《さかな》をつったりして、まごばさまとくらしておりました。

ある日、いつものように舟にのってつりに行きましたが、その日はどうしたことか、一ぴきも魚がつれません。子どもはこまってしまって、もう帰ろうとすると、なんだかさおにかかったものがあります。上げて見るとそれは小さなハ

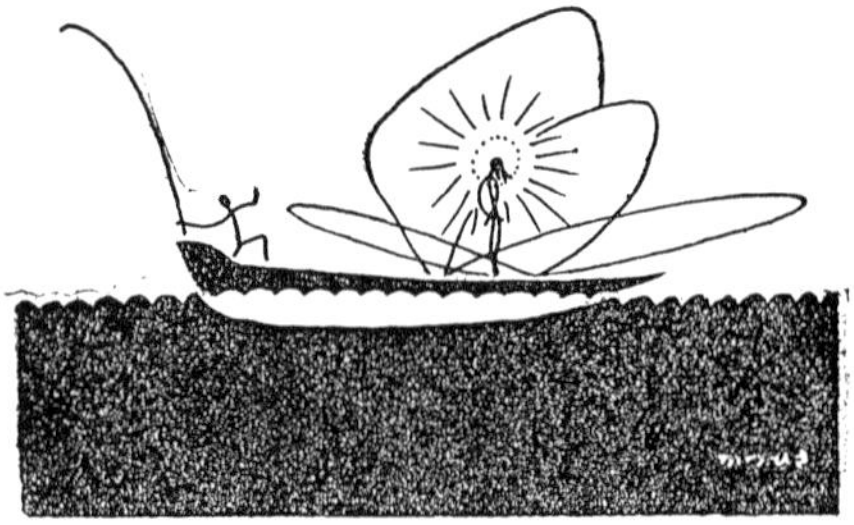

マグリでした。子どもは、

「ハマグリ、ハマグリ。おめごと海《うみ》がらつったが、これでは、ばさま一人前のおがずにもならない。そだはで《（だから）》おめごと助けてやらね」

と、海へにがしてやりました。そして、も少し大きい魚がつれたら、家へ帰ろうと思っていますと、またもピクピクと糸をひっぱるものがあります。上げて見ると、やっぱり前と同じ小さなハマグリでした。子どもはまたあのハマグリがかかったな、こまったな。それでは一つ上げておこうか、と舟の上に上げておきました。そして、もう一ぺんと、糸をたれていますと、すこしたって、後の方でクックッと音がしました。ふりむくといつの間に、大きくなったのか、そのハマグリは、でっただ《（大きな）》ハマグリになっていて、見る見る舟一ぱいにひろがってしまいました。子どもはびっくりして、

「こらこら、貝《かい》コ貝コ、あまりでったになるなヨ、おら、すわるどごなぐなるじゃ」

と、いいました。そしたら、またクックッと声を出したかと思うと、きれいなあねさまになってしまいました。あねさまは、

「これ、これ、子ども。私はかんのんさまのお使いの、はまぐりひめコです。お前の家まで私をつれていってけ《（ください）》」

と、いいます。子どもはこまって、じつは、私にはふた親がなく、まごばさまと二人でくらしていて、びんぼうで、あねさままでつれていっては、とてもくらされないと、わけを話してことわりました。それでもはまぐりひめコは、

「なんたかんた《（なんとしても）》私を家さつれでいってけへ《（ください）》」

とたのむので、子どもはことわりきれず、

「それでは、家さいって、ばさまさ聞いでみでからにするはで《（から）》」

と、家へ帰って聞いてみました。まごばさまは、その話をきいて、

「おれでは、とてもとてもびんぼうで、あねさままで入れてくらされねはで」

と返事《へんじ》しました。しかしはまぐりひめコは、むりにおいてもらうことにして、とうとう、その家にとまることになりました。


　次《つぎ》の日から、そのはまぐりひめコは、家のうらにははたおり機《き》をすえつけて、トンカラリ、トンカラリと、はたをおり始めました。近所《きんじょ》の人々も、通りかかってそのようすを見ました。そしたら、そのあねさまは、かんのんさまのもようのついた、ぬのをおっているので、みんなふしきに思いました。そのもようがあまりきれいなので、

「もしもし、そのはだ一たんゆずってけへ」

と、たのんでみました。あねさまは、なんべんもことわりました。しかしみんなは、

「なんぼ高くてもええはでゆずってけへ」

と、たのむので、

「それではゆずってあげましょう」

と、一たんゆずって、たくさんお金をもうけました。はまぐりひめコは、その金をもとでにし

て、子どもにしょうばいを始めさせました。

「親こうこうな子どもが、しょうばいを始めた」

というので、近所となりから人々がおしかけて、大はんじょうしました。

　そこで、はまぐりひめコは、

「これだば《（これなら）》安心だ」

と思って、帰ることにしました。まごばさまと子どもは、わかれをおしんでひきとめましたけれども、はまぐりひめコは、天からおりてきた五色《ごしき》の雲にのって、なごりをおしみながら、天に帰っていってしまいました。

はなし　弘前市第二大成小学校教諭　斉藤正

蕪《かぶ》やき笹《ささ》四《し》郎《ろう》

〔青森県〕

むかし、八戸《はちのへ》の是川《これかわ》という山おくにネ、笹《ささ》四郎というびんぼうなわか者あたじ《(あったそうだ)》。少しばかりの畑《はたけ》サ蕪《かぶ》ばれ《(ばかり)》つけて、三度三度、こればれくうてくらしていたじ《(そうだ)》。それで村の人たちも、みんな、蕪やき笹四郎、蕪やき笹四郎テ《(と)》よばていたじ。あまりびんぼうであったで、嫁《よめ》コも、もらえネでいたじ。

そこで、友だちも、かわいそうだと思《も》て、相談《そうだん》かわして、笹四郎サ嫁《よめ》コもらてけるど思ていたじ。

村のわか者だちがある時、いいごと考えたじ。山から土ごと取って来て、毎日毎日川サ流してやってらじ。それが川下《かわしも》のみなとの川口までむった《(いつも)》ど真白《まっしろ》ネ流れでくるじ。その川口ネ一けん、でったら《(大きな)》だづくり酒屋あったじ。

ある日、是川のわか者ァ一人そのつくり酒屋サたずねて来て、主人サ、

「お前ど《(のところ)》このむすめコ嫁《よめ》ネくんさい《(ください)》」

と、いったじ。主人は、

「どった家《（どういう）》でごァすべ」

てきいたじ。すると、

「この通り川の水ァ米とぐ水で白ぐ、にごるほどの大酒屋でごァす」

と、ひったら《（いったら）》、ほんとだと思《も》て、

「嫁コねけるじ《（よめにくれよう）》」

て、くれてよこしたじ。

お嫁さんがきてみだら、毎日川さ米とぐ水コ流すェんだ《（ような）》家でなくて、毎日ごはんの代《かわ》りネ、蕪ばれやいで食ってるよなびんぼうな家であったじ。
二、三日くらしたら、嫁ネ、かせるものもないような様であたじ。それでも、その嫁さんは、家からもって来た黄金《こがね》を、一つぶたして、
「これで、米だの買ってくんさい」

と、出したら、笹四郎はみょうだ《（な）》顔をして、

「こんなもんで買んによいのゲ、これだらおらいの板じきの下ネ、くさるほどあんヨ《（あるよ）》」

と、言《ひ》んで、板じきをはいで土をほって見んだら、笹四郎の言《ひ》ん通り黄金が山ほど出てきたじ。

笹四郎は、たちまち大金持になってしまったじ。

ある時、笹四郎が、家の馬ごと《（を）》川の岸サ、あらね《（あらいに）》行ったれば、川の中に一匹《ぴき》メドツ（河童《かっぱ》）

いで、馬ごと《（馬を）》ねらって水の中に引っぱろうとしていたじ。笹四郎はどってん《（びっくり）》して、メドツにくみついでいったじ。メドツの頭のてっぺんにネ、水の入った皿《さら》があんので川の中にいでも、陸サ上がっても力があるんで、笹四郎は、すぐ、メドツの皿の水をせっせとかき出したじ。それでメドツもとうとうこうさんして、

「メドツのたから物をけんから《（けるから）》、ゆるしてくんない」

と、たのんだじ。笹四郎は、かわいそネなってきたで、はなしてやったじ。メドツは、それから川の中さもどって、小さなつち、もって出てきたじ。

「これは、たからのつちと言《ゆ》んで、何でもほしい物の名前をいって、三度ふれば、でてくるもんだ」

と、知らせたじ。笹四郎はよろこんで、

「そんだら、この馬と同《おんな》じ馬十ぴき出して見てくんない」と、いったらばメドツは、

「よし」

と、いって、

「同じ馬十ぴき出ろ」

と、つちをふりまわすと、たちまち十ぴきの馬が、そろって出てきて、ヒヒンとないたじ。

笹四郎はつちをもらって、そのメドツをゆるしてやったじ。それから笹四郎は、嫁さんと相談して、つちをふって大きな家だの、家の道具《どうぐ》だのを出したじ。

それからきんじょの人をよばって、おふるまいをやったじ。みなとのお嫁さんの家からも沢《たく》山《さん》、人よばれてきたじ。村の人も集まってきて、何日も何日も酒もりしたじ。何回も何回もっちをふっておぜんだの、ごちそうだの、おみやげだのを出してやったじ。

最後《さいご》にふるまいが終って、お嫁さんの人たちが帰るときネなったら、夜になったじ。帰る人たちのちょうちんが、間《ま》にあわないじ。その時笹四郎は、こまったこまったて《（こまったといって）》して何と思ったか、自分の立派《りっぱ》な家さ火つけてしまったじ。

人びとはどってん《（びっくり）》していたら、笹四郎は、

「この火《ひ》の消《き》えないうちに、みなとサもどってけさい。これは大ちょうちんだへで《（だから）》」

て、言たど。

集った人はみなとんでもない者サ、嫁にくれたもんだと思《も》て、あぎれだが、それでもその火事の明りで、みんなみなとの家サ帰って行ったじ。

ところが笹四郎は、すぐに又、メドツからもろたさいづちをふって、前よりももっともっと、おっき《（大きい）》新しい家を、ひょっこり出して見せたじ。立派だか《（な）》ざいどうぐも出したじ。

そして、二人でなかよくまつだいまでくらしたじ。

どっとはらい（おしまい）。

はなし　弘前市第二大成小学校教諭　斉藤正

モモとカキとトコロ

〔青森県〕

さっきから、坊《ぼう》さんがモモの木の下に立ちどまっていました。ツバキの実ににた形で、やっと赤みがかった「づばいもも」が今年はいっぱいなっていました。

じっとモモの実をみつめている坊さんのうしろに、足音がして、家の人が出てきました。

坊さんは、

「このモモ、二つ三つ、くれませんか」

と声をかけました。

「何するのです」

と、家の人がききます。

「食べたいんです」

と、坊さんはいいましたが、家の人は、

「このモモは、食べられん、石みたいにかたくてだめだ」

と、ぶあいそうにいって、くれようともしません。

坊さんはだまって、モモの木をまた見上げてから、そこを立ち去りました。

それから二、三日あとのことです。

そのモモの木の下に子どもたちがあつまって、がやがやとさわいでいました。家の人が出てみると、子どもたちは、モモの実をもいで、ちょっとかじってみては、ぽいぽいとすてています。足もと一めん、すてたモモでいっぱいです。

「なんでモモをなげるんだ。もったいない」

と、家の人はしかりました。

「だってこのモモ、ガキガキとかたくて歯《は》が立たねえんだもの。」

子どもたちがそういうので、

「色もついている、そんなことあるもんか」

と、いいながら、一つもぎとって一口かじってみた家の人は、

「あ、いたい」

と、モモを投げてしまいました。やっぱり石のようにかたかったのです。

どうしてこんなにかたくなったんだろうと、ふしぎそうに考えているうちに、家の人は、ふっと、

「あの坊さんは、弘法大師様《こうぼうだいしさま》みたいな偉《えら》い坊さんだったのかも知れない。二つか三つのモモを

やらなかった、けちんぼな心をなおすために、モモを石にしてしまったんだろう」

と、思いあたりました。

青森県北郡百石町でのむかし話です。今はモモイシを百石と書きますが、むかしは桃石と書いていたそうです。


このへんでは「妙丹《みょうたん》」というカキもたくさんなります。秋が深まると、色づいたカキの実が、すずなりになって美しいことです。

ある家では、じょうの口から門までの間に七、八本も、美しく色づいていました。それをみつけた旅の坊さんは、のどがかわいていました。カキを一つもらってたべたいなと思いました。ちょうどその時、その家のおばあさんがにわ先で、たるにつけてシブをぬいたカキを、ざるですくいあげているところでした。

「のどがかわいてなりません。そのカキを一ついただけませんか」

と、坊さんはたのみました。

けれども、おばあさんは欲《よく》ばりのけちんぼでした。

「この村では、カキはよそからわざわざ買ってきて食べるんでな。ただでくれるわけにはゆかないよ」

と、いじわるくことわりました。

坊さんは、ざるの中のカキと、木にいっぱいなっているカキの実とを、だまってみつめてから、しずかに歩いてゆきました。

その次の年からふしぎなことに、村ではカキがさっぱりみのらなくなりました。

おばあさんがやがて死ぬ時に、

「乞食坊主《こじきぼうず》だと思って、カキを一つもやらなかったからだ。あの坊さんは弘法大師様だったかも知れない」

と、村の人たちにおわびをしました。


弘法大師様のお話は、もう一つあります。

旅の坊さんが、ある家の戸口に立ちどまりました。台所からうまそうなにおいがぷうんとしてきます。

おばあさんがトコロ（野老）をゆでて、ざるにすくい上げていたのです。あまいにおいとあたたかい湯気《ゆげ》が、いっぱいたちこめています。

坊さんは、ぐうとのどをならして、

「うまそうですね、わたしに少しいただかしてくれませんか」

とたのみました。

するとおばあさんは、

「だめだめ、これは人間の食えるものではない。にがいくすりでしるをなわしろにふりかけて虫よけにするんだから」

と、いって横をむいてしまいました。そして坊さんがあきらめていってしまうと、

「もったいない、乞食坊主になんかやれるもんか」

とつぶやきながら、ざるの中のトコロを一つつまんで食べました。

ところが、おばあさんは顔をしかめ、いきなりトコロを投げ出しました。

にがくて、にがくて食べられなくなっていたのです。

採　集　青森県八戸市　小井川潤次郎
はなし　宮城県名取高校教諭　浜田隼雄

年寄《とそり》すて山

〔青森県〕

むかし、むかし、あるところに、大へんいじわるなとの様がいました。そして、年よりを見るのが大きらいで、

「男でも女でも、まん六十さいになれば、山にすててしまえ」

と、めいれいしました。また、

「すてねば、すてぬ人も、ろうやに入れてしまう」

と、ふれを出しました。

ここに、一人の百しょうがいました。自分の母親も、六十になりましたが、との様のめいれいなので、しかたなく、おぶって山へゆきました。しかし、「小さいときから、自分をだいじにそだててくれたお母さんを、山にすてることなど、できるものではない」と考えますと、母親をせおったまま、家へもどって来て、えんの下に大きなあなをほって、そこにすまわせ、出来るかぎりの世話をしました。

それから何年かたったある日のこと、となりの国のとの様から、お使いがやってきて、むず

かしい問題《もんだい》を持ってきました。この問題がとけなければ、せめとってしまうから、というのです。その問題というのは、一本の丸たんぼを持って来て、

「どっちがさきだ、どっちが根元だ」

というのです。それは、さきも根元も太さが同じで、どう見てもけんとうがつきません。との様はこまって、国中にふれを出して、

「見わけてくれるものはいないか」

と、たずねましたが、だれもわかりません。その百しょうは、家に帰って、えんの下のあなの中にいる、母親に聞いて見ました。

「それはわがないよ。まず川に流してごらん、根元の方が重いから、さきに流れる方がさきだよ」

と、教えてくれました。それをとの様に申しあげると、さっそく川に流して見ましたら、すぐわかりました。すぐ、となりのとの様に返事をすると、大へん感心しました。

今度《こんど》は、第二の問題です。

「やいたわらで、なわをなってみせろ」

というのです。との様は、また百しょうをよんで、このむずかしい問題を、いそいでといてくれ、とたのみました。また、えんの下の母親にそうだんしますと、

「それもわけないよ、ワラに塩《しお》をたくさんつけて、ナワをなって、それをやいて、そのまま持っていくといいよ」

と、教えてくれました。そのままやって見せましたので、となりのとの様は、びっくりしてしまいました。

第三のむずかしい問題が出されました。それは、せのかっこうといい、毛なみといい、どこからどこまでそっくりの二とうのおす馬をつれてきて、どちらが親馬で、どちらが子馬であるかをあててみろというのです。

との様は、あちこちから「ばくろう」をよびよせてみましたが、どうしてもわかりません。こればかりは、あの百しょうにもわからないかも知れない、と思いましたが、またよび出して、きいてみました。百しょうは、今度《こんど》もえんの下の母親に相談《そうだん》しました。

「それはわけないよ、二とうの馬に、草をたくさんやってごらん。さきに食《た》べた方が子馬だから」

と、教えてくれました。

さっそく、との様の前に、二とうの馬が引き出されました。すると、右の馬がさきに口をのべて、草を食べました。左の馬は、それをさもまんぞくそうに見て、しばらくしてから、食べ始めました。百しょうは、

「左の馬が親です」

と答えましたので、となりの国の役人たちはびっくりしました。そしてこちらのとの様に、

「これからはなかよくしましょう」

といいました。との様は大へん喜んで、百しょうに、

「国を救ってくれてありがたい。何でもほしいものを取らせるから、のぞみのものをいってみろ」

といいました。百しょうは、

「じつは、今度の問題をといてくれたのは、私の母親なのです。母親は、六十五さいになりますが、との様にないしょで、山にすてなかったのです。年よりの物しりが、この国に一人もいなければ、問題もとけなかったわけです。となりの国は、そこをつけねらったにちがいありません」

と、なみだを流して申しましたので、との様も、百しょうのこうこうにたいへん感心して、今まで山にすてた年よりをみんなよびよせ、そののちは、年よりを山にすてるのをやめるように、めいれいを出しました。

はなし　弘前市第二大成小学校教諭　斉藤正

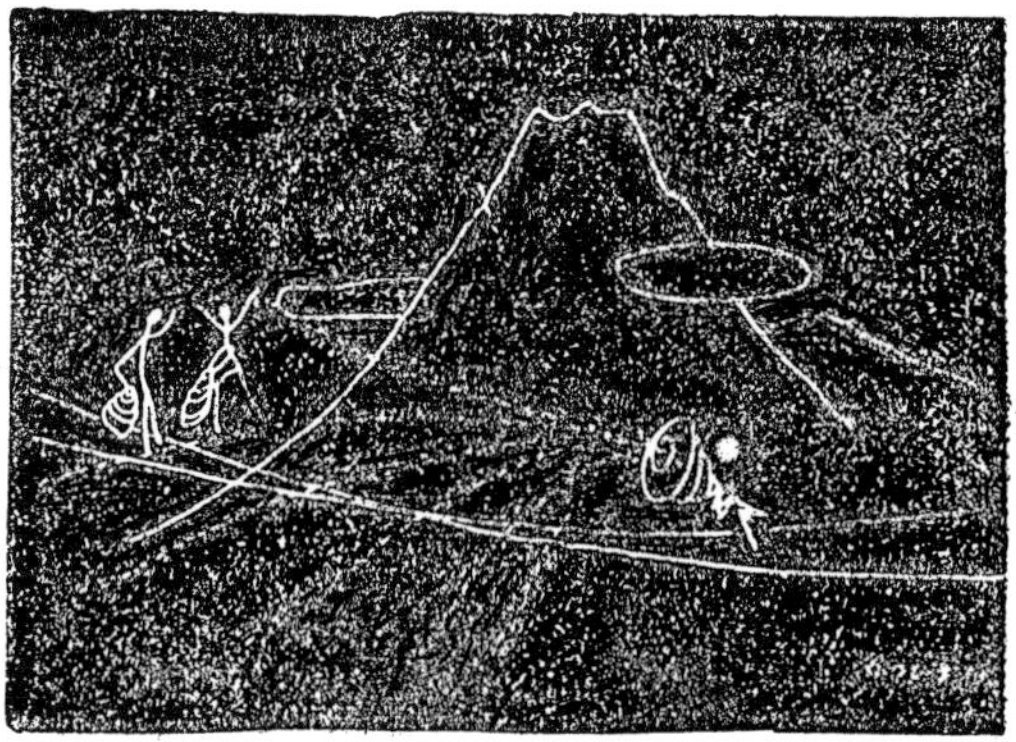

つがるのほらふき

〔青森県〕

　むかし、今の青森県《けん》の津軽《つがる》に、大そうほらふきのじょうずな人がいました。津軽はもちろん、とおく秋田《あきた》、南部《なんぶ》（今の岩手県）、江戸（東京）、京都《きょうと》、大阪《おおさか》までもその名がきこえて、それはそれはゆうめいでした。

　ある時、秋田で一番のほらふきと、南部で一番のほらふきとが、相談《そうだん》して、津軽のほらふきと、ほらくらべをやり、まかして、うんといじめてわらってやろうと、津軽へやって来ました。そして、津軽一のほらふきの家にきて、

「ごめんください」

と、あんないをたのみました。

　すると家の中から、

「あい、どちらからおいでになりました」

と、十二、三さいくらいの男の子どもか出てきました。

「おれたちは、秋田と南部からきたものです」

と、いいますと、家の中の子どもが、

「むさくるしいあばら家ですが、どうぞあがって休んでください」

と、いいました。二人は家の中に入りました。

「あんこ、お前たちのおどさまおらネ《（いない）》ようだが、どこさいったんですバ」

と、ききました。子どもは「はい」と、いって、

「岩木山ころふどこだはで《（ころびそうだから）》、トウシミ《（あんどんのとうしん）》三本持ってツパリ《（おさえ）》かうにいげした」

と、答えましたので、二人は「そうですか」といってからまた、

「おがさまどこサいったんですバ」

と聞きました。すると子どもは「はい」といってから、

「おがは、だいぶ前からひでりつづきで雨がふらないので、田がわれて、いねがかれてしまうところだというので、ゆうべから千人やく《（約四百ちょうぶ）》の田へ、小便《しょうべん》しにいげした」

と答えました。そこで、秋田と南部のほらふきも、心の中でびっくりしながら、

「そんだらあねコ、どこサいげした」

と、聞きました。子どもは、「あねゲス《（ですか）》」といって、

「あね、さきた《（さっき）》、天じゅくさげた《（さけた）》という知らせをうげて、針《はり》と糸をもって、天じゅくぬうにいげした」

と、いったので、二人はますますびっくりしてしまいました。そしてこんな子どもに負けてたまるものかと、今度は、こちらからむずかしい問題《もんだい》を出して、こまらせてやろうとしました。

「これこれ、あんこ、ゆうべの大風で、ならの大《だい》ぶつ様のつりがねがとんで、どこさとんだがわからなくなったと、大さわぎだが、こっちの方さとんでこねが――」

と、聞きました。すると子どもは、

「うん、それですナ。ゆうべおれの家ののき下の、クモのすがき《（す）》にひっかかって、ガンガンと音なりがして、なんにもねむられねであれした《（どうしてもねむられなかった）》ネ」

と、いいましたので、秋田で一番、南部で一番のほらふきも、アッと、目玉もとび出るほどびっくりして、この十二、三さいになる子どもでもこれほどだから、津軽一番のほらふきが来たら、おれたちはどうなるかわからないと、ほうほうのていでにげていってしまいました。

とっちばれ（おわり）。

はなし　弘前市第二大成小学校教諭　斉藤正

弘前《ひろさき》の四季《しき》

〔青森県〕

おかぐら

たーれレ　れーろるる
どーん、どーん、どん
てーるる　れーるる
どーん、どーん、どん

ねぶた

どんどこどこどんこど
どんどこどこどーんこど
「やーれやれ、やーれよー」

どんどこどこどんこど
どんどこどこどーんこど
「やあ、やどー」

お山参詣《やまさんけい》

さーえぎ、さえぎ
どッこう、さえぎ
お山サ、はじだい
こんごうどうさ
いーじに、なーのはい
なのきんみょうちょうらい。
えー山、かげだじゃ、ア、
バダラバダラバダラヨ
朔日山《ついたちやま》かげだじゃ、ア、
バダラバダラバダラヨ

むがしこ

外《そと》、プウプて出《で》られねド
むがしあったじん
陣笠《じんがさ》かぷたじん
槍《やり》コ持《も》たじん
ぺろッとのべだじん
い、い、
したけァ、
い、い、
むがしァ、
むじり着て
はなしアはんちゃ着て
松前《まつまえ》サ飛《と》んでいったド
とっちばれ

弘前第二大成小学校教諭　斉藤正

あきた

セッセッセ

セッセッセ　パラリトセ
一に　橘《たちばな》
二に　かきつばた
三に　下《さが》り藤《ふじ》
四に　獅子牡丹《ししぼたん》
五つ　江山《えやま》の千本桜《ざくら》
六つ　紫《むらさき》色よく染《そ》めて
七つ　南天《なんてん》
八つ　山吹《ぶき》を
九つ　紺屋《こんや》で色よく染めて
十に　殿《との》様　葵《あおい》の御紋《ごもん》が
セッセッセ

採譜　仙台市　武田忠一郎

川うそとキツネ

〔秋田県〕

今から、どのくらい昔のことでしょうか。

秋田の脇本《わきもと》というところのお話です。この村は大きい湖の岸にある、漁師《りょうし》の多い村でした。ある冬の朝のことです。

いく日もいく日も、ひどいふぶきがつづいたため、湖も川もみんなこおってしまって、そとは、だれひとり通る者もありません。

この大ふぶきの中を、ちょうど湖の岸のアナの中から起きてきた川うそが、キョロキョロとあたりに気をつけながら、やって来ます。

そして、これもまた、コソコソと足音を立てないでやって来たキツネと、バッタリあってしまいました。

川うそは、何度もキツネにだまされていたので、いつかやっつけてやろうと思っていたのです。

一月《ひとつき》も前のことでした。

キツネが
「これから冬の夜長《よなが》になることだからせァ、おたがいによばれあいっこするべせァ」

と、いうので、川うそもさんせいしました。キツネは、

「川うそどのが先《さき》だぜ」

といって、はじめは川うその番《ばん》となりました。

川うそは、寒い中を川に入って、いろいろな魚をとって、キツネのためにごちそうをつくりました。キツネはよばれて来て、たらふくたべて喜んで帰りました。

次《つぎ》の晩《ばん》は、キツネの番でした。

川うそは、あいつのごちそうはきっと山の物で、うさぎ汁《じる》でもくわせるかなァと思って行きますと、キツネの家では、さっぱりごちそうを出すけはいがありません。川うそは、おかしく思って、

「おれハァ来たぜ」

といっても、返事もしないで、ただ上の方ばかり見てだまっています。

川うそが
「どうした」

ときくと、キツネはやっと口をきいて、

「もうしわけねえども、じつはおら今夜、空守役《そらまぶりやく》を告《つ》がって《(いいつかって)》、それでおらこうして、上の方

ばかり見ていねばならねからョ、今夜のところは何とかかんべんしてタイ（ください）」

と、いうのです。

川うそは、そういわれて、今まで聞いたこともない、みょうなやくわりが告がったものだと思って家へ帰りました。

その次の晩、また川うそはキツネの家へ行きました。キツネはやはり昨夜《さくや》のようにだまって、今度は下の方ばかり見つめていました。川うそが聞くと、

「今夜も運悪く、地守役《ぢまぶりやく》告がってナ、ほんにもうしわけねえども、今夜もけってタイや（かえってください）」

と、いいました。

そこでいくら正直《しょうじき》ものの川うそも、これはしたりと気がついたが、そのままそ知らぬふりをして家に帰ったのでした。…………


その時のことを思うと、川うそはくやしくてなりません。

うたがいぶかい目をしたキツネは、川うそを見つけると、

「おんや、川うそ大しょう、しばらくだネ。時にョ、川うそ大しょう、なんとして、毎日毎日こったらふぶきで、魚っこ一ぴき口さへえらねテバ、もう一週間《しゅうかん》も、のまずくわずだャー」

と、いつもとちがって元気なくいいました。

じつは、川うそも昨日まで、しまっておいた魚を全部《ぜんぶ》たべてしまったので、どうしようかとこまっていたところですが、わざとなんでもないふりをして、いいました。

「なんと、まんず、このふぶきだばこまったもんだ。オラなば《（ど）》おかげさんで、なんとかくうものこまらねども、キツネ大みょうじんなば《（は）》こまるベナー。」

「んだ、なんとかたのむデャ大しょう。オラも魚っことるすべすかへてケレ《（方法を教えてくれ）》てば。」

川うそは、心の中で「これはしめた」と喜びました。今までのしかえしをするのは、今だと思いました。

「んだば、すかへてケラ《（教えてやろう）》。だどもこれなば、だれさもしゃべるなャ。ええが。今夜の十二時ころにョ。湖のまんなかのこおりさァアナほって、おめえのシッポ、その中さ入れておけ。夜が明けるころになれば、おめえのシッポの毛のかずよりもずっぱら《（どっさり）》ついてくるからョ。だどもシャ気ィつけれや、うごけば、魚っこにげてしまうからョ、はっけえども《（つめたいけれど）》ガマンして、ジッとうごかねことだナ、ええが。」

キツネは喜びました。夜になるのが、いつもより何ばいも長いような気がしました。

いよいよ十二時ごろになって、川うそから教えられた通り、こおりにアナをあけ、シッポをその中に入れたとたん、ブルッとふるえて、とびあがってしまいました。それでも、くうものがほしいので、目をつむってしずかにシッポを入れてやりました。

シッポが切れてしまうほどのつめたさです。「はっけえども《（つめたいけれど）》ガマンして、ジッと動かねことだナ、ええが」と、川うそがいったことを思い出して、じっとガマンしました。もう、頭のてっぺんまで、こおってしまいそうです。

少しは、ねむりかけたのでしょうか、東の方の空が、明くなって来ました。

もう、だいじょうぶだと思って、

「一駄（馬一頭につけるくらいのにもつのりょう）も二駄もついたべかナ。エンヤラヤのウン」

と、力いっぱいに引っぱって見ましたが、少しも動きません。

これは、きっと何百ぴきも、魚がついたんだ、重くなったので動かないんだと思って大喜びで、またいっしょうけんめいに、

「一駄も二駄もついたべかナ、エンヤラヤのウン」

と、ありったけの声を出して引っぱりました。それでも少しもぬけません。

遠くから、ソリの鈴《すず》の音が聞えて来ました。鳥のなき声も聞えて来ました。

そうしている中に、湖の向うからは、人がやって来るではありませんか。

もう、魚どころの話ではありません。マジマジ（もじもじ）していては、ころされてしまいます。

うろたえたキツネは、早く早くと思ってもどうにもなりません。

「魚もなんもいらねデバ、エンヤラヤのウン」

と引っぱったが、もう引っぱる力もなくなってしまいました。

とうとう、そこを通った人たちにみつけられ、

「コレなば、よいもんみつけだド、キツネ汁でも、こしらえるべか」

と、ぼうを持ってなぐられてしまったということです。

聴耳草紙《ききみみそうし》の著者　佐々木喜善
仙台市東北農山漁村文化協会　宮川弘

佐々木先生は「聴耳草子」をはじめ、東北の昔話をたくさん集められましたが、今から十何年も前になくなられました。

東北の文化のためにおつくしになられた先生のお仕事は、まことに尊いものであり、わたくしたちもどれ程おかげを受けておるかわかりません。

先生のお子様佐々木広吉氏は社団法人金属学会におつとめになられ、この本をつくるにあたっていろいろ御協力をいただきました。

ねずみのおすもう

〔秋田県〕

昔、秋田のみなみの方に、びんぼうな、おじいさんとおばあさんがいました。ある日、おじいさんが、山へしばかりに行きますと、向い山の方から、

デンカショウ
デンカショウ

という声が聞えます。おじいさんは、ハテ、ふしぎだなと思って、その声のする方へ行って見ますと、ヒョロヒョロやせたねずみと、まるまるとふとったねずみとが、おすもうをとっているのでした。

木の間にかくれて、そっと見ていますと、そのやせねずみは、なんと、おじいさんの家のねずみではありませんか、そしてふとったねずみは、村の長者《ちょうじゃ》どんの家のねずみだったのです。おじいさんのねずみは、力が弱くて、長者どんのねずみに、スポンスポンと投げられてばかりいるので、おじいさんは、かわいそうになってしまいました。

　おじいさんは、家に帰って、おばあさんに、山で見て来たことを話しました。そして家のねずみがかわいそうだから、もちでもついてたべさせて、力を強くしてやりたいといって、二人でもちをついて、戸だなの中に入れておきました。

　そのばん、おじいさんのねずみは、おもちを、おなか一ぱいにたべました。

　あくる日、おじいさんが、山へしばかりに行きますと、きのうと同じように、

　　デンカショウ
　　デンカショウ

という声が聞えます。そこへ行って見ると、またきのうのねずみどもが、おすもうをとっています。おじいさんは、木の間から見ていましたが、きょうは、きのうとちがって、いつまでも、勝負《しょうぶ》が決まりません。そのうち、長者どんのねずみが、すもうの手を休めて、おじいさんのねずみに、聞きました。

「おめえ、きょうなば、いつもとちがって、ばかつえ《（つょい）》ねえか。いって《（いったい）》、何として、そんな急《きゅう》に、力っコ出て来たんだが。」

　おじいさんのねずみは、とくいそうに、

「じつはナ、おらなばゆんべ、もちっコうんとごっつおなったっきゃ、こんな強くなったなんだ。」

　長者どんのねずみは、すっかりうらやましくなりました。

「んだば、おらも行くから、ごっつおうしてけねえべかなア。」
「おらえのじさまとばさまなば、びんぼうだもん、もちっコなど、めったにつかねども、おめえ、ぜんこ《おかね》ずっぱりもってけば《くれば》、ごっつおうしてやるどもな。」
「ンだば、ぜんこもってえぐから、なんとかたのむデヤ。」
おじいさんは、二ひきのねずみの話をすっかり聞いて、おかしくなり、家に帰って、その事を、おばあさんに話して聞かせました。そして、そのばんも、おもちを二ひき分ついて、戸だなに入れ、そのそばに、小さい赤ふんどしを二すじそろえておきました。
長者どんのねずみは、お金をどっさりかついで、おじいさんの家へやって来て見ると、おもちもたくさんありますし、その上に、赤いふんどしまでありますので、すっかり大よろこびで、おもちをおなか一ぱいごちそうになって、お金をおいて帰って行きました。
おじいさんは、その次の日も、いつものとおり、山へしばかりに行きますと、きょうはいつもよりも、ずっとずっとげんきな声で、
デンカショウ
デンカショウ
と、おすもうをとっているのが聞えました。また木の間から見ますと、二ひきのねずみは、おそろいの赤いふんどしをしめて、取りくんでいました。おじいさんのねずみも、今では長者どんのねずみに負けないくらい、強くなって、いつまでも勝負が決まりません。
それから毎日毎日、

デンカショウ
デンカショウ

と、ねずみのおすもうがつづきましたが、とうとういつまでも、勝負が決まらなかったそうです。

そして、おじいさんとおばあさんは、長者どんのねずみが、もってきてくれたお金で、すえ長く、しあわせにくらしたということです。

聴耳草紙の著者　佐々木喜善

はなし　仙台市東北農山漁村文化協会　古舘浩

秋田角館（武藤鉄蔵氏提供）

三つの湖《みずうみ》のものがたり

〔秋田県〕

岩魚《いわな》のにおい——十和田湖《とわだこ》のできた話——

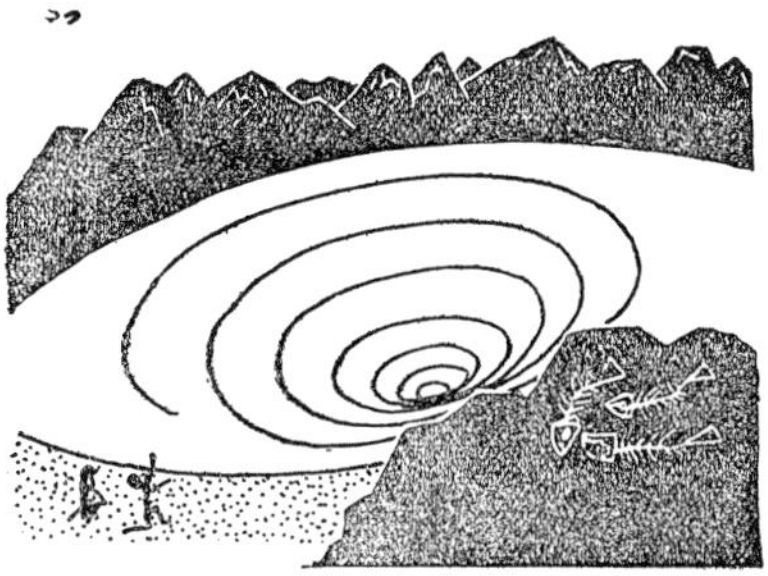

生まれるとすぐ歩き出した八郎太郎（岩手では八の太郎ともいう）は、十二、三になると、せいは六尺（二メートル）になり、大人《おとな》の倍《ばい》も力持ちとなった。けれども心はやさしくて、親こうこうであった。

毎日山や谷をかけまわって、鳥やけものをとり、秋になると、くりや、きのこをとって、町に売った。そのお金《かね》で、おとうさんとおかあさんのすきなものを買ってあげていた。

わか者になってから、三治《さんじ》、喜藤《きとう》というなかまといっしょに、山にはたらきにいった。その山は八甲田《はっこうだ》山に近いおく山で、まだ人の入ったことのない、深い山であった。

三人はきれいな谷川のそばに小屋《こや》をつくり、そこでくらしながら、山仕事をすることにした。

　ちょうど八郎太郎がすいじ当番の日である。八郎はおけを下げて水をくみに行った。すると谷川に、思いがけなく、大きい岩魚《いわな》がおよいでいる。

「おお、これはしめた。よいごちそうが見つかった。」

　八郎は、喜んで川に飛びこんだ。けれども、ふしぎなことに、どうしても三びきしかとれなかった。八郎は、こんなはずはない、とくやしがったが、どうにもならなかった。

　八郎は魚をたきびでやきながら、友だちが早く帰ればよいと思った。うまそうなにおいが、やけた魚からただよって来るのである。とても、がまんができない。一つまみたべてみた。うまい、あまりおいしいので、八郎は、がまんが出来なくなった。もう少し、もうこれっきり、と、つまんでたべて、とうとう一ぴきをたいらげてしまった。

　あっ、と八郎が気がついたときは、もうおそかった。友だちの分の二ひきまでたべてしまったのであった。

　しまった、とうとうたべてしまった。喜藤にすまない、三治に悪い。と、こうかいしても、どうにもならない。なんておれは心の悪い、いやしい男だ。と、自分の頭をげんこつで、がんとなぐりつけた。

　のどがかわいて来た。手おけの水をごくごくと飲《の》んだ。みんな飲んでしまった。それでものどがかわいてくる。へんだなあ、なんてのどがかわくんだろう。八郎は谷川へおりて、流れに顔をつっこむようにして、飲んだ、飲んだ。飲めば飲むほど、のどがかわくような気がしてくる。

八郎は悲《かな》しくなって、顔をあげた。何げなく水の上を見た。おやっ。水の中から、ものすごい怪物《かいぶつ》が、八郎をにらみつけている。八郎はおそろしくなって、がばっとからだをおこしてにげようとした。すると、水の中の怪物のすがたが、すうっと見えなくなった。おや、おかしいぞ。そろりそろり川をのぞくと、そろりそろりと怪物の顔がうつってくる。

おかしい、と八郎が頭をふると、水の中の怪物もふる。おお、これはおれの顔《かお》だ。おれの顔。八郎は、はっとして手で顔をかくした。その手はたるのようにふとく、つめは、するどくとがっていた。

「わあっ、どうしたんだ。おれはマモノになった。」

八郎はどうてんし、おそろしさと、悲しさで気が遠くなってしまった。

ふと気がつくと、あたりはくれかかっていた。上の小屋の方で、八郎、太郎とよんでいる。返事《へんじ》をしないわけにはいかなかった。

「おうい」

と返事すると、その声は、トラのほえるような大きな声となって、山々にこだまするのだ。八郎は、その声になお悲しくなって、おいおい泣きだした。すると、その泣き声は、かみなりのように川の音を消《け》して、谷中《たにじゅう》にひびきわたるのだった。

八郎は泣くことも出来なかった。

三治、喜藤の二人の友だちも、おどおどするばかりであった。あんな心のやさしい八郎が、こんなマモノになったので、二人もいっしょに泣いた。

八郎は、二人に、おとうさん、おかあさんのおせわをたのんで、すっかりくれた谷のやみに消えていった。

そしてまた水を飲みだした。二十三日間というもの、八郎は水を飲み続《つづ》けた。八郎のからだにはみるみる、へびのうろこがはえ、おそろしい大蛇《だいじゃ》になった。

やさしかった心も、あれて、たけだけしくなった。

八郎はその谷川をせきとめた。谷川はみるみる深い大きい湖《みずうみ》になった。三十尺《しゃく》もある大《だい》蛇《じゃ》になった八郎太郎は、ざんぶと湖にとびこみ、深く湖の底にしずんでいった。

こうして出来たのが、十和田湖《とわだこ》である。

鉄のわらじ——八郎と南祖坊《なんそのぼう》のたたかい——

南祖坊《なんそのぼう》というおしょうさんは、わかいころから国々の神社《じんじゃ》やお寺をまわって修行《しゅぎょう》していた人であるが、もう六十になった。

ちょうど紀州《きしゅう》（今の和歌山県《わかやまけん》）の熊野権現《くまのごんげん》におまいりした夜である。おどうのえんにねていると、しらがの老人《ろうじん》が三人、どこからともなくあらわれて、まくらもとに立った。

「南祖坊よ、この鉄のわらじのかたっぽとつえをお前にあげよう。お前はこのつえの向くまま、国々の山をめぐりなさい。もし、わらじのもう一つのかたっぽがみつかったら、そこをすむばしょとして、一生《いっしょう》、ほけきょうをとなえてくらしなさい。」

しらがの老人は、そういって、ふっと消《き》えてしまった。はっ、と目がさめた。ゆめだったのか——と思ってまたねようとすると、月にてらされて鉄のつえが目の前に光っていた。おお、鉄のわらじも——南祖坊はおどろいた。

「ありがたい。熊野ごんげん様のおつげであったのか。」

南祖坊はすわりなおして、ごんげん様を一心におがみだしたのである。そのおつげのとおり、六十になったけれど、南祖坊は、山々をまわって鉄のわらじのかたっぽをさがして歩いた。

南部《なんぶ》(今の岩手県)から谷川づたいに、深い山に入った。とても美《うつく》しい湖があった。十和田湖《とわだこ》である。

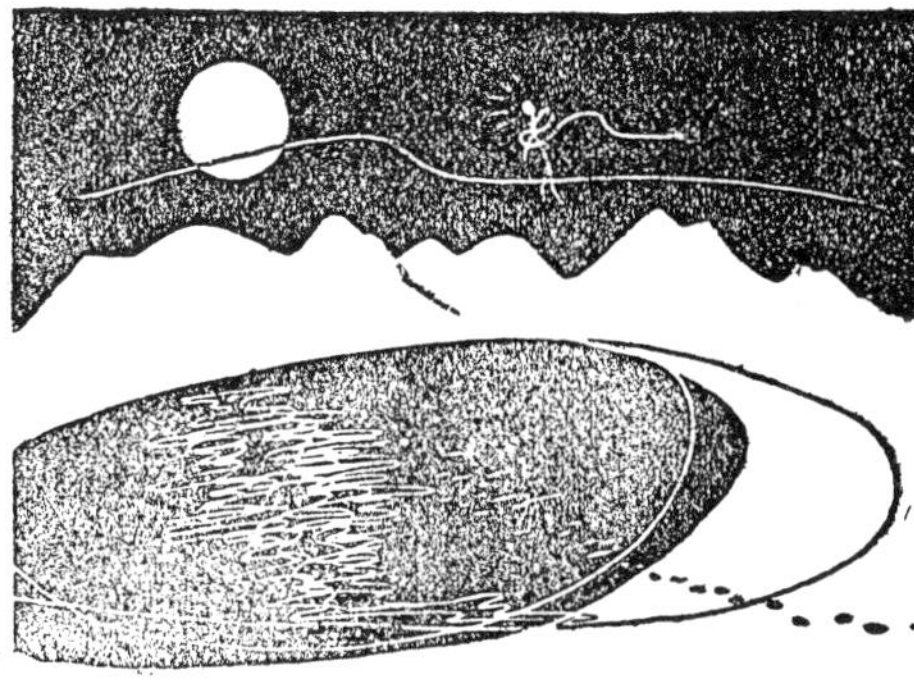

こんなきれいな湖のそばで一生くらせたらなあ、南祖坊はそう思いながら、ねばしょをさがしてると、いいぐあいにほらあながみつかった。そこへ入ろうとすると入口に、わらじのかたっぽうがすててある。おや、と目をとめると鉄のわらじではないか。熊野から何年もかかって、苦労《くろう》をしながら、さがして来た鉄のわらじである。

「とうとう、のぞみがかなったぞ。ここがわたしのすむばしょだ。美しい湖を前に見ながらお経《きょう》をとなえるなんて、なんとありがたいことだろう。遠い、熊野のごんげん様、ありがとうございます。」

南祖坊は、はるかに西の方をおがみながら、あさに、ばんに、ほけきょうをたからかにとなえてくらした。

三日目の夕方《ゆうがた》であった。南祖坊がいつものように、声高くお経をとなえていると、にわかに空がくもり、はげしい風がふきだして来た。静《しず》かだった湖の上には高い波《なみ》がたった。その水の上のひとところが、まるで、たつまきのように波だったとおもうと、八つの頭のあるものすごい大蛇《だいじゃ》がおどりあがってきた。

「ええい。がまんができん。とっとと出ていってくれ。」

大蛇はかみなりのような大声でいって、南祖坊をにらみつけた。

「何が、がまんができんのだ。」

南祖坊は静かに聞いた。

「その、お前のお経が気にくわんのだ。おれは八郎太郎だ。ここの主《ぬし》だ。この湖はおれのものだ。さあ、どこかへ行け。」

「何をいうのだ。わたしは、熊野ごんげんのおつげでここをすみかとするのだ。しつれいだろう。」

「しつれいとはなんだ。お前こそ、しつれいではないか。」

おこった八郎太郎の大蛇は、八つの口から火のようなしたをだし、南祖坊を一飲みにしようと、おどりかかった。

南祖坊は少しもおどろかず、静かにじゅずをもむと、ほけきょう八かんをとなえ、そのお経を八郎太郎に投げつけた。するとお経は、頭の九つある龍《りゅう》となって、八郎太郎に立ち向った。八郎もひっしである。こんかぎりの力をふるったので、さすがの龍も、あぶなくなった。南祖坊は、一そう高く、お経をとなえた。すると、お経の字の一つ一つが、するどい剣《けん》になって飛び出し、まるでハチのように八郎太郎のからだじゅうをつきさした。

これには八郎太郎も弱ってしまった。ざぶんと水に飛びこみ、波をまき上げながら、湖を横ぎって向う岸にはい上った。そして御倉《おくら》山のかげへにげていってしまった。

短かいたたかいのようであったが、七日七ばんもたたかいつづけたのである。さすがの南祖坊も、すっかりつかれて、ぼんやりと静かな湖の上をながめていた。

「南祖坊よ、今こそお前の願いがかないましたぞ。この湖の底こそ、お前のすみかです。そのまま水に入って、神がおよびになるのを待ちなさい。」

みると、熊野ごんげんのお使いの童子《どうじ》が、むらさきの雲にのっていたのである。

南祖坊は静かに湖の中へ入っていった。南祖坊のすがたが、はもんもたてずに、水の中に消えたとき、まるい大きい月が上って、湖は明かるくかがやきだしたのであった。

十和田湖の主は、南祖坊であると今でも人びとは信じている。

かがり火《び》の花《はな》——人の心にかえった八郎——

岩手《いわて》山の南《みなみ》がわに雫《しずく》石《いし》川が流れている盆地《ぼんち》がある。今の雫石町のあるところである。この盆地《ぼんち》の東のすみには、小さな山が七つならんでいる。負森山《おいもりやま》がそのうち一ばん大きい。

十和田湖を追われた八郎太郎（八の太郎）は、やっとここまでにげて来た。

「ああ、ここなら、ちょうど湖をつくるのにつごうがいいぞ。」

八郎太郎はよろこんだ。

三方《ぽう》が山にかこまれ、東の方だけぽかんと口をあけたような盆地だ。東さえせきとめれば、深くてひろい湖ができるわけだ。

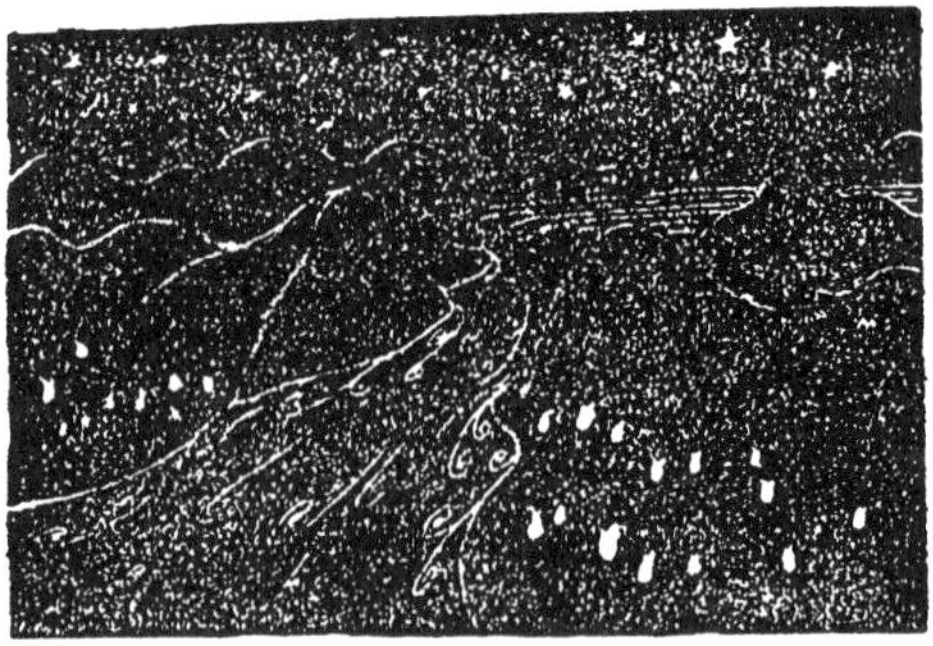

みれば岩手山のふもとに小さい山が八つならんでいる。そうだ、あの山を運んで、雫石川をせきとめればいい。と、八郎は思った。川のあたりには村があったけれど、八郎は気にもとめなかった。

日がくれると八郎は岩手山のふもとから、一つ一つ山を運び出した。そして雫石川をせきとめ始めた。七つめの山を運んだころには、もう夜があけかかってきた。なにしろ大きい山なので、さすがの八郎もせおうのがたいへんだった。山にも、なわのあとがついた。これが負森山《おいもりやま》である。今、この山にまるくわのように、だんがついているが、それはこのなわのあとなのである。

八郎が大いそぎでひきかえし、八つめの山に手をかけか時、夜が明けてしまった。岩手山にかかっていた雲がすうっと消え、少し雪のあるいただきは、高く、朝の光の中にそびえ立っている。

この山にも、ごんげん様がいらっしゃった。村の人びとは、毎朝、

「今日もおやま（岩手山）のように、どっしりした正しい心ではたらきます。」

夕方になると、

「おかげさまで、せいいっぱい働《はたら》くことができました」

と山をおがんでくらしていたのである。

八郎が八つめの山をせおおうとすると、天のおくからひびいてくるような、ごんげん様の声がおごそかに聞《きこ》えてきた。

「これ、八郎太郎、何をするつもりか。お前のうしろを見よ。」

いわれて八郎がふり返えると、田も畑《はたけ》も家も、水びたしとなったばかりか、水はどんどんふえていくのだ。人びとは大事なたんぼや家が、水にうずまっては大へんと、ありのようによってたかって、八郎の運んだ山をくずそうとしている。

八郎は、その村人のすがたを見ると、ふんとわらった。この山さえ運べばしめたものだ。まもなく深い湖になるばかりだ。八郎は山をもち上げた。すると、またごんげん様の声が天から

ひびいて来た。

「お前には村の人びとの苦しみがわからないのか。わからないならこうしてやるぞ」

と、大きい石をどんどん投げてよこした。なにを！　と、八郎は山をごんげん様に投げつけようとした。すると、ごんげん様は、八郎をぐっとにらみつけた。

八郎は、その目のおそろしさに山を投げることができない。でも、ここで負けたら、湖をつくってすむことができない。八郎も負けていられない。山をさし上げたまま、にらみ返えした。

夜になった。水はどんどんふえてくる。村の人びとはかがり火をたき、その明りをたよりに、うずまった川をほりかえそうと、けんめいに働《はたら》いた。かがり火は、あっちにもこっちにもふえていった。そうして村人は、つかれもわすれて、山をくずし、土を運び、力を合わせて働きつづけた。村人の顔のあせは、かがり火にてらされて光った。

八郎はこんげん様とにらみ合っている。負けるものか、負けるものかと力《りき》んでいると、ごんげん様の目は、だんだん大きくなった。

大きくなったって負けるものか、と、八郎も目を大きく見開いた。ところがごんげん様の目はますます大きくなり、空いっぱいに広がってしまった。まっくらである。

しばらくして、そのまっくらな中に、何か動いているのが見えて来た。目をこらして見ると、その動いているのがだんだんはっきりして来た。あせを流し、力を合せて、とめられた川をほりおこしている村人のすがたであった。年よりも子どもも、いっしょうけんめいに働いているのだ。ああ、おれのために村の人がこまっている——と思った時、ふっと人かげは消え、おそろしい自分のすがたが見えた。人びとの働く、美しいすがたにくらべて、何というみにくいすがただろう。八郎は父と母のために、ねっしんに働いた昔がなつかしくて、なみだが流れて来た。

するると、八郎の目いっぱいに美しい花のように、かがり火の火がうつってかがやきはじめた。八郎はもち上げていた山をほうり投げ、へたへたとたおれると、おいおいと泣きだした。

「ごんげん様、昔《むかし》の八郎にもどしてください。わたしも働く人になりたい、働きたいのです。」

ごんげん様のやさしい声が、星空の中から美しくすんで、ひびいてきた。

「八郎よ。かわいそうな太郎よ。おまえは人間の心にかえった。でも、人間にかえることはできない。お前は駒《こま》が岳《たけ》をこえ、北の男鹿《おが》にゆけ。そこで湖をつくって、魚をやしないなさい。」

八郎はなみだをふいて、自分のせきとめた川の、土や岩をほりかえした。盆地にあふれた水は、どうどうと流れだし、村の人たちは喜びの声をあげて、八郎をみおくった。

八郎は自分をほめるその声を、悲しく聞いたのだ。二度とふたたび、人間にかえって、働くことのできないのは、どんなにつらいことであったろうか。

魚の天国――八郎潟《がた》のできた話――

駒《こま》が岳《たけ》から、奥羽山脈《おううさんみゃく》をこえた八郎太郎は、米代川《よねしろ》を下《くだ》っていった。

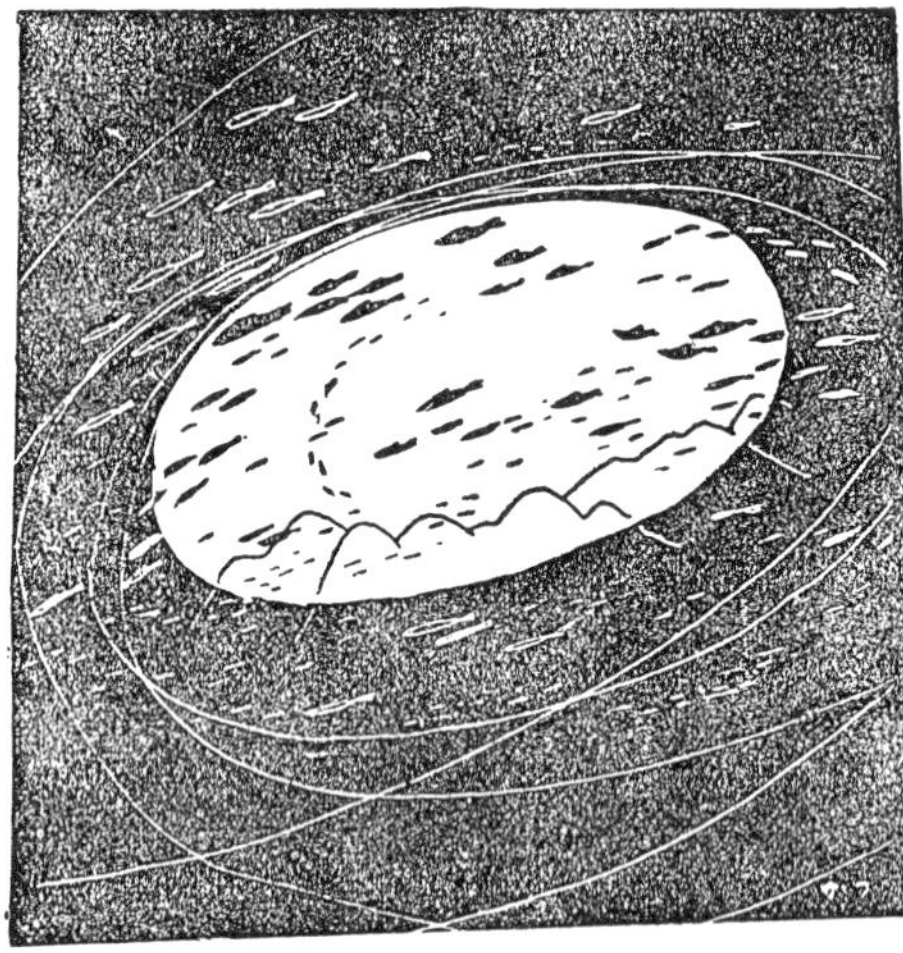

するといまの二井町《ふたついまち》のあたりに、七座《ななくら》の天神様《てんじんさま》がいて、

「八郎が来た、こまったな」と思われた。ここは、山が北と南から川をはさむようにのびてきているところに、三つの川が落ち合っているので、ここさえ止めれば、大きい湖ができる。天神様は、八郎が、雫石《しずくいし》川をせきとめようとしたうわさを聞いていたので、きっと八郎はこの二井《ふたつい》で、川をせきとめるだろうと、考えたのである。

天神様はわざわざ八郎をでむかえた。

「八郎太郎よ。お前はたいへん力持ちだそうたね」

と、ニコニコと話しかけた。

「力が強いばっかりに、よくないことをいたしました」

と、八郎は答えた。

「わたしも力の強いことでは、どの神様にも負《ま》けないつもりだ。どうだ。わたしとお前と力くらべをしよう」

と、ニコニコしていう。

八郎は、え？　と天神様を見あげた。天神様は白いあごひげをのばして、とてもやさしい顔をなさっている。からだもいたってすらりとして、そんな力持ちには見えなかった。天神様は、じょうだんをおっしゃっている、と思った八郎は、だまってわらった。

「お前は、わたしに力がないと思っているね。ま、ともかく、やってみようや」

と天神様はそばにある大きい岩をさして、

「この岩をあの川の向う側へ投げてみよ」

という。八郎はわけはない、とその岩を持ちあげ、力のかぎり投げた。岩はぶうんと飛んでいって米代川のまんなかに、どぼんと落ちた。どうです、と八郎は天神様をふり返った。

「ほほう、たいした力持ちだ。では、わたしの番だ」

と、天神様は八郎が持ちあげたよりも大きい岩を、よいしょとさしあげて、えい、と気合いをかけて投げた。岩はぶうんと飛んでいって、川の向う岸に、どしいんと落ちた。

「わたしが勝ったぞ、八郎。どうだ、もう一ぺんやろうか」

と天神様はニコニコした。八郎は天神様の力に、びっくりしてしまった。そしてさっきまで、自分の力をじまんにしていたことが、はずかしくなった。

「もう、けっこうです。」

八郎は走って、ざんぶと川にもぐり、米代川を急《いそ》いで下った。

天神様は、水をもりあげながら、下って行く八郎を見送って、ゆかいそうにわらっていた。

八郎は男鹿半島《おがはんとう》にやって来た。天瀬川《あませ》という川が、広いあれはてた野原《のはら》を、ほそぼそと、さびしく流れていた。

「ああ、ここならいい、でもたいへんな仕事《しごと》だぞ」と八郎は思った。ところが一けんの貧《まず》しい家がぽつんと川のそばにたっている。八郎が、その家に行って見ると、おじいさんとおばあさんがすんでいた。おじいさんも、おばあさんも八郎をおそれなかった。八郎がやさしい心を持つようになったからであろう。そして、遠くへ引っこしてもらえまいか、という八郎のたのみを気持よく聞いてくれた。

「その代り、この湖にいっぱい魚がすむようにします。その魚をとって、くらしのたしにして下さい」

と八郎はいった。

八郎は雨をふらせた。ものすごい雨がふりだした。その雨の中で、いっしょうけんめい、川をせき止めた。原っぱの高いところはほりおこした。雨はどうどうとたきのようにふり、せき止められた川は、みるまにあふれだして、広い野原は、広い湖にかわっていった。

おじいさんとおばあさんは、あわてて舟にのった。おばあさんは、あっ、わすれもの、といって家にかけこんだ。麻《あさ》をわすれたのだ。魚をとるあみを作る麻《あさ》である。そのうち、舟は、ごうごうとうずをまいて流れる水の力に引っぱられ、もやいづな（舟を岸につないでおくつな）が、きれかかった。

「はやくはやく。」

おじいさんは、おばあさんを大声でよんだ。おばあさんがかけてきて、舟に手をかけた時、つなはぷつんときれてしまった。舟は矢のように速《はや》く流れて行った。おばあさんは、川のうずにまきこまれ、うかんだり、しずんだりして、おぼれ死にそうになった。

八郎は大急ぎで、おばあさんを助けにいった。助けあげたけれど、いつまでも、もっているわけにはいかないので、思いきって、西の方へ、ぽうんと投げあげた。おばあさんは、そら高くまい上り、風にふきあおられながら、西の岸にぽとんと落ちた。

ところが、流されたおじいさんの舟は、東の岸についた。おじいさんと、おばあさんは、湖の西と東にわかれわかれになった。どんなにさびしいことだったろう。

一年ばかりたったころ、おじいさんが舟にのって魚をとっていると、ふしぎなことに舟は、ひとりでに西の方へ走り出した。びっくりぎょうてんしたおじいさんが、岸の方を見ると、おぼれ死んだとばかり思っていたおばあさんが、ぼんやりと、東の方をながめているのであった。おじいさんの舟を、西の岸にひっぱっていったのは、だれだか、わかったでしょう。

八郎は、とうとう、大きい、広い湖を作った。十和田湖にくらべて浅《あさ》いのは、少し、不満《ふまん》であったけれど、だれにもめいわくをかけなくてすんだことを、満足《まんぞく》に思った。

すっかり湖が出来ると、八郎は湖と海をつないだ。すると北のつめたい海をのがれて、たくさんの魚が入ってきた。湖には、魚が一ぱいになり、のびのびと泳《およ》ぎまわった。

八郎は湖の底から、その魚のむれをながめていた。

春になったのだろう。湖の底から見上げると、上の方は、まるで明るい月夜のようであった。その青い、明るい光の中を大きい魚、小さい魚が、れつを作って、静かに泳いでいるのが、かげえのようにきれいだった。

八郎は、十和田湖いらい、はじめて、のびのびした心になった。
魚たちよ、ふえろ、ふえろ。この湖が魚の天国《てんごく》になれ。
八郎はたのしい心でさけんだ。

谷間《たにま》の清水《しみず》——田沢湖《たざわこ》の生れた話——

秋田の深い山おくの村に、三之丞《さんのじょう》という人が住《す》んでいた。木をきり、炭《すみ》をやいて、ふじゆうのないくらしだったけれども、子どものないのは、さびしいことであった。三之丞夫婦《ふうふ》は神《かみ》や仏《ほとけ》をしんじんして、子どもを一人さずけて下さいと、朝ばんおねがいしていた。

辰《たつ》の年の春、ほしがっていた子どもが生まれた。それも、とてもかわいい女の子であった。三之丞は、辰子《たつこ》と名をつけて、それはそれは大事《だいじ》に、がわいがって育てた。

辰子《たつこ》が乙女《おとめ》になったころ、辰子の美しさは、秋田中《じゅう》の評判《ひょうばん》になっていた。かぐやひめの生まれかわりだ、という人さえあった。

おとうさんはもう死んで、おかあさんは、しわだらけになり、しらが頭は、ぱさぱさかわいて、これが、きれいな辰子の母だろうかと思われるくらいだった。

辰子はそういう母を見るにつけ、なんぼいま、じぶんがきれいでも、年をとればおかあさんのようになるんだと思うと、悲しくなった。むすめたちはだれでも、いつまでもわかく、美しくていたいと思うものだ。ことにきれいな辰子が、かぐやひめのように、いつまでもわかわかしく、美しいままでいたいと思ったのは、むりのないことだったし、秋田中の人々も、そうねがったことであろう。残念《ざんねん》なことに、辰子はかぐやひめではなくて、ただの人間の子であったから、花のように美しい顔かたちも、年をとれば、色あせてしぼんでしまうだろう。辰子はどうかして、いつまでも花のように美しくていたかった。

辰子は、山の観音《かんのん》さまに、ねっしんに願《がん》をかけた。寒い夜も、雪のふかい朝もおねがいした。

二十一日目の夜であった。白いすがたの観音さまが辰子の前に立っていた。

「辰子よ。どんなにお前が願っても、いつまでもわかく、美しくなどとは、むりなことです」

と観音さまは静かにおっしゃった。

「だめでございましょうが、無理《むり》にお願いしているのです」

と辰子はききわけなく、言いはった。

「こまったことです。できないこともないけれど、それではお前がかわいそうです。」

「え、できるのですか。できるのでしたら、たとえどんなめにあってもお願いしたいのです。」

観音さまは、あわれむように辰子をごらんになった。

「どんなめにあっても――といったけれど、どんなことになっても、こうかいはしませんか。」

「ええ、どんなことになりましても」

と辰子の目《め》はかがやき、ほほには赤く血《ち》がさしてほんとに美しい顔になった。

「では、この山の北を、もっと深《ふか》くたずねて行きなさい。きれいな清水《しみず》が、こんこんとわいています。その水を飲めば、きっと願いがかないましょう。けれどその時になって、なげき悲しんではいけません。」

そういって観音さまは、いかにも辰子をかわいそうに思われたごようすで、辰子のふさふさしたかみをやさしくなでられた。それから、ふっと消えてしまわれた。

あとには、真暗《まっくら》なやみがあった。しんしんとそこびえのする夜であった。しかし辰子は、のぞみがかなえられるという喜びで、寒さも暗さも気にかけていなかった。


辰子にとって、その冬《ふゆ》ぐらい長《なが》いと感じたことはなかった。

春になると、三人の友だちをさそって、わらびやぜんまいなど山菜《さんさい》をとりにいった。辰子はもちろん、わらびは一本もとらなかった。あっちの谷、こっちの谷と清水をさがして歩いた。そしてとうとう、岩のさけめから、こんこんときれいな清水がわいているのを見つけた。歯《は》にしみるつめたい水である。辰子は手ですくって飲んだが、飲めば飲むほどのどがかわくのである。それで岩にはらばいになって、ごくんごくんと飲みだした。

そのうち、辰子はうとうととねむくなった。そしてこんこんとねむってしまった。

辰子の友だちは辰子が見えなくなったので、あちこちさがして、この谷まに下りてきた。清水に口をつけそうにしてねている辰子の白い顔が、わかばごしに見えた。三人は声をそろえてよんだ。けれど辰子は起きるようすもない。しんぱいした三人は谷へ下りようと、そろそろ下って行った。ところが、せんとうに立ったむすめが、ぎくんと立ちどまった。くちびるがみるみる白くなった。外の二人は、びっくりして、そのむすめがふるえる手でゆびさす方をみた。

そして三人ともうーんと気が遠くなって、たおれてしまった。

辰子のからだは、うろこのいっぱいはえたおそろしい龍《りゅう》になっていた。それは太く大きく尾の方はやぶにかくれていた。顔だけがとってつけたように白くかわいらしく、長いかみは、うろこのはえた背《せ》の上にふさふさとかかっていた。

とつぜん、天地もわれるようにかみなりがなった。大木《たいぼく》のさける音もばりばりと聞えた。そしてどうどうとたきのように大雨《おおあめ》がふりだした。

三人は雨に打たれて気がついた。そして、むちゅうでかけだし、死にそうなおもいで、やっとのこと村へにげかえった。

辰子は強い雨に打たれているのがうれしかった。山からあふれ落ちる水が、谷をうずめて、深い湖となっていくのがたのしかった。もはや辰子は村のむすめではなかった。


辰子の母は、三人のむすめから辰子のことを聞いても本当とは思われなかった。そんなはずはない、と、たいまつに火をつけて辰子をさがしに出かけた。村の人が止めたけれど、むりに出かけたのである。大事にしていたひとりむすめのことであるから、むりはない。

母は、辰子の名をよびながら山をさまよった。つかれはてて、大きい湖のそばにたどりついた。雨はすっかり晴《は》れて、空いっぱいの星《ほし》が水にうつっていた。いつのまにこんな湖ができたのか、ふしぎに思う心のゆとりもなかった。ただ、むすめのことが、しんぱいでならなかったのだ。たつこうーと、こんかぎりの声でさけんだ。声は水の上をはるかにわたっていき、やがて遠い山びことなってかえってきた。そのとき、水がうずまき、辰子の白い顔が水の底からうき上って来た。月のないくらい夜なのに、辰子の顔は、白く美しく、かがやくようであった。

「辰子や、やっぱりそうだったの。でも、おかあさんは、お前とはなれてはくらせません。そのままでいいから、家へかえりましょう。」

母は水に入りながら手を差し出した。

「いいえ、おかあさん、それはなりません。わがままをゆるして下さい。そのかわり、お魚のすきなおかあさんのために、この湖に、お魚を一ぱいにふやします。おかあさん、さようなら。わたしはたのしいのです。」

そういうと辰子の龍は、がぶりと水にもぐり、広い湖の向うへ、すいすいと泳いでいった。それは、本当にたのしそうに見えた。

おかあさんはがっかりして、手にしていたたいまつの燃《も》え残《のこ》りを水の上に落した。すると、ふしぎなことに、その、燃え残りの木は、マスとなって湖の中へ泳いで行った。

こうして出来たのが、田沢湖である。辰子の母は、湖のそばにそまつな小屋《こや》をつくり、毎日、湖を見てくらした。母がよぶと、いつもわかい、美しい辰子がうかんできて、ニッコリわらっては、また水底にもぐったということである。

ここにいるマスを木じりマスといったのは、こんな話からである。

かたくりの花——八郎と辰子《たつこ》——

　木枯《こがらし》がふきだすと、北の方から、かもの群《むれ》が、田沢湖《たざわこ》にわたってきた。そのかもたちから、国々のめずらしい話をきくのが、辰子《たつこ》には、このうえもないたのしいことであった。

　かもたちは、八郎潟《がた》の八郎太郎の話をした。辰子は、じぶんとおなじに、人間《にんげん》から大蛇《だいじゃ》になった八郎にぜひあってみたいと、思った。かもたちのいうには、強くて元気な人だが、たいへん心がやさしいということであった。辰子は、じぶんも、やさしい心を持ってくらそうと、思うのであった。

　山の雪がとけて、日あたりに、かたくりの花がさくころ、かもは北へ去《さ》っていくのである。もし、八郎潟におりたなら——と辰子はかもに話かけた。

「ええ、わかっています。あなたのお話を、八郎さまにいたしましょう」

と、かもたちは、しばらく湖の上をまわってわかれをおしみ、北の空へ飛んでいった。

　辰子は、また、こがらしのふくころをたのしみにまっていた。その年の冬は、いつもより早くやってきた。かもたちの話では、八郎潟にはもう、ふぶきがあれくるって、風のあたらない山かげの水には、氷《こおり》がはっているということであった。

辰子はそういうところにいる八郎を、大へん気のどくに思った。せめて冬の間だけでも、この静かな田沢においでになったら――と思い、かもたちに相談《そうだん》してみた。かもたちもさんせいであった。

「八郎さまも、ぜひ一度田沢にいって、辰子さまにおあいしたいと申されておりましたから、きっと喜んで、おいでになります」

と、口々にいうのであった。

次の年の、こがらしのふきはじめるころ、辰子はたのしい心ですごした。いつも、暗いさびしい冬をすごしていたのに、今年の冬は、八郎さまがおいでになるにちがいない。そしたら、どんなにたのしい冬になることであろう、とむねがはずんでくるのである。

ある日、辰子が風をよけて入江《いりえ》にいると、力強いひびきがして、八郎が山をおりてきた。そして、ざぶんと湖にはいった。大きいはもんが田沢湖一めんに広がっていった。

はずかしかったけれど、辰子は八郎をむかえた。八郎はいった。

「私のすみかにくらべて、何という美しい湖でしょう。山のすがたもきれいだし、その山をうつす水もすばらしい。そして、ここの主《ぬし》のあなたも、とても美しい。」

辰子はあかくなってもじもじした。

「私のすみかは冬になると、海の風がはげしくて、ゆっくりねむることもできません。月がみかづきになって、星がさえてまいりますと、一ばんのうちに、湖はかたくこおってしまうのです。このような静かな湖で、美しいあなたとくらすことができることは、たいへん、ありがたいことです。」

「いいえ。わたしこそ、どうぞよろしく。」

辰子は、あの、むすめのときのやさしい心にかえって、八郎をもてなした。

がんがまいおりてくる。かもが静かにういている。山々には深く雪がつもり、しーんと音のない冬がきた。暗《くら》い空《そら》から、毎日のように雪がふってきた。

けれど湖の中は、とてもあたたかい、たのしい日がすぎていった。

春になった。林にさす日が、日ごとにこくなって、雪がとけだした。そして、しっとりとしめった黒い土から、かたくりの芽《め》がでて、やがてむらさきいろに花がひらいた。

「春になります。私はかえりましょう。」

八郎は辰子にお礼をいった。

「いつまでも、この湖においでになったらいかがでしょう。私は、ちっともかまいません——いいえ、そうしていただきたいと、思っています。」

辰子は、心をこめていった。

「私もそうしたいと思いますが、八郎潟はごんげん様からいただいたすみかです。行って、まもらなければなりません。」

八郎も、のこりおしそうであった。

「では、ことしの冬、またおいで下さいますか。」

「ええ、喜《よろこ》んで、またおせわになりたいものです。」

八郎はおかに上り、山をこえて八郎潟へ去っていった。

八郎の通ったあとに、かたくりの花がふみたおされていた。やがて花はすこしずつ、おきなおり、やがてしゃんとたった。

それをみていた辰子は、「よかった――」と、ほっと息をはいた。


八郎は冬になると、田沢へ来てすむようになった。二人はいつまでもなかよく冬をすごしたが、八郎がるすをする間に、八郎潟はだんだん浅くなり、はんたいに田沢湖は、ますます深くなっていった、ということである。

原　文　秋田県県議会事務局　長谷部哲郎
はなし　岩手県雫石小学校教諭　佐々木正志
〃　仙台市五城中学校教諭　石森門之助

いわて

千福《せんぷく》山

千福《せんぷく》山の中の沢《さわ》で
縞《しま》の財布《さいふ》を見つけた見つけた
おっとり上げて　中を見たれば
黄金《こがね》の玉は　九つ九つ
一つの玉をば　おかみに上《あ》げて
朝日《あさひ》長者《ちょうじゃ》よと呼《よ》んばれた　呼《よ》んばれた
呼ぶも呼んだし　呼ばれもしたし
朝日長者よと呼んばれた呼んばれた
長者殿《どの》は京から下《くだ》って
瀬田《せた》の反《そ》り橋《はし》　かけやる
瀬田の反り橋　踏《ふ》めば鳴《な》るが
大工柄《だいくがら》か　木柄か木柄か
大工柄より　木柄よりも
ちょうなと鉋《かんな》の　かけ柄かけ柄

笛《ふえ》ふき兼吉《かねきち》

〔岩手県〕

茂市《もいち》村の兼吉《かねきち》は、しばをかりおわったので、木のかぶにこしかけて休んだ。こんなとき兼吉はふえをふく。ふえをふくと、つかれがすっとふっとんでいって、また新しい力がわいてくる。

まだ日は高かった。なにしろ兼吉は、器用《きよう》だから、しばかりだって、人の三倍《ばい》はするのである。兼吉はふえを取り出すと空をあおいだ。もみじの枝の間に空があった。

もみじは西日がさして燃《も》えるような赤さである。

兼吉はふき口をしめすと、大きく息《いき》をすいこんで、目をつぶり、すきな曲《きょく》をせい一ぱいにふき始めた。この曲は兼吉が心たのしいとき、思いのままにつくったものである。

何分ふいたであろう。ふと目を開くと、じき目の前に、オオカミがすわっている。兼吉は、はっと目をみはった。オオカミのそばには、キツネがちょこんとすわっている。そのそばに、ウサギ、そしてサル、うしろをむくとクマ、ヘビさえとぐろをまいている。木の枝には小鳥たちが、目白《めじろ》おしにとまってじっとしていた。

どうしたんだべ、と兼吉が思ったとき枝の小鳥たちが、一度に鳴き始めた。するとクマが兼吉の前に、のそりとよって、頭を二、三度下にふった。けものたちは、じっと兼吉をあおいで話かけそうにしている。「もう一ぺんふけってか。ん、ん」と兼吉はうなずいて、こんどは村のおまつりを作曲《さっきょく》したものをふいた。ふきおわると動物たちは、兼吉に、鼻《はな》づらをおしつけたり、足にじゃれついたりした。小鳥たちは、林をあちこち飛《と》びまわった。何百ぱの小鳥が歌うのはみごとだった。兼吉は小鳥たちにふえをふってそれをほめた。

兼吉が山のようにしょったしばの上に、小鳥たちはとまったり、兼吉のまわりを飛びながら、まだ歌いつづけるのであった。

兼吉はたのしかった。こんどからは、林の中だけでふえをふこうと考えた。兼吉のふえは、兼吉の村だけでなく、遠くの村々まで、ゆうめいであった。村々のだんなさまたちは、村のよりあいがあったりすると、兼吉をよんで、ふえをふかせた。そしてお金をくれた。まずしい兼吉にとってお金はありがたかった。けれど、兼吉をよぶとき、だんなさまたちは、さかもりをしていた。ねっしんに兼吉がふえをふいているのに、「んめえなあ」「じょうずだなや」「兼吉は天才《てんさい》だ」などと、ざつおんを入れるのである。ふきおわると手や足をドタンバタンならして、うわーんとさわぎだす。そうしてもう兼吉のいることなど、わすれたように、おさけを飲みはじめるのである。兼吉は、ふところの、もらったお金にさわって、むしょうにさびしくなるのであった。人けのない所に来ると、ふえを取り出し、思いきり、すきな曲をふきだすのである。すると心がさっぱりとなり、またもとの、かいかつなわか者の心にかえって、元気に、おかあさんのまっている村へ歩き出すのであった。

村々はおぼんであった。

かめがふちというところに、わか者たちが大さわぎをしていた。大きなかめにのっておどったり、うたったりしている。兼吉は、かめの大きさにおどろいた。

「おっきいかめだね。どこからとったの」

と聞くと、

「このふちのぬしっしゃ。おらだつで、つかめだ《（つかまえた）》のっしゃ」

と、とくいそうにかめにのっているわか者が、答えた。

兼吉はかめが、じっと自分を見ているのに気がついた。とても悲しそうな目である。何かいいかけている目であった。

兼吉は、かめがむしょうにかわいそうになってきた。それで、さとの方へ一さんに走りだした。酒《さけ》を五しょう買うと、また走ってかえった。

「みんな、このかめと酒五しょうと、とりかえてけねすか」

とさかだるを出すと、わか者たちは、喜んで、かめを渡してくれた。

わか者たちが、村へ引きあげていったので、兼吉はかめの頭をなでて、

「こんど、おぼえたべから、つかまんねように気いつけでナ」

とふちにはなしてやった。かめは、一度水にしずんで、また、うき上がってきた。その時、かめの目に、なみだが流れているようであった。兼吉は、ふえをふいてやった。かめはうれしそうに水にしずんでいった。


兼吉はもらったお金をみんなお酒につかってしまった。でも、せいせいしたいい気持で家へかえった。おかあさんも、よかった、よかったと喜んでくれた。

ところがそのばんから、兼吉は四十どもあるねつがでた。おかあさんは、おろおろして、ただむやみに頭を、ひやすだけであった。

兼吉は、

「むかえがくる。むかえがくる」

というのである。おかあさんは、何のことかわからない。きっと、ゆめにうなされているのだと思って、

「あ、ほが、ほうか《（そうか、そうか）》」

と、あいづちをうって、顔のあせをぬぐってやっていた。

三日たっても、兼吉のねつは下らなかった。その夜、とんとんと戸をたたく音がした。戸をたたくなんてことを村の人はしない。いたかとか、おばんとかいって入ってくる。ふしぎに思ったおかあさんは、おそるおそる戸をあけて見た。

すると、みなりのりっぱな男が立っている。見たことのない人である。その人はあいさつもしないで、

「兼吉どんを、ムコさまにもらいにまいりました」

というではないか。おかあさんは、しばらく口がきけなかった。

「兼吉は病気です」

というのがせいいっぱいだった。

「知っています。」

男の人はやさしくほおえんだ。

おかあさんはやっと気をとりなおして、兼吉はひとりムスコである。おやこうこうで、兼吉のはたらくお金でくらしているから、とてもムコにはやれない、とことわった。

「くらしのことは、しんぱいいりません」

というので、

「いってえ、どこの人っさ、あんだは」

と聞くと、

「りゅうぐうのものです」

といって、うしろをふりかえった。そのとたん、何ともいえない、よいにおいが流れてきた、それは女の人の、こうりょうのにおいのようであった。そして、あの助けたかめが戸口にあらわれた。すると、ねていた兼吉がむっくり起きあがって、ふえをこしにさすと、すっと戸口を

出ていこうとした。

たまげたおかあさんは、兼吉のそでにすがりついた。

「兼吉、どこさいぐ。これ、兼吉。」

おかあさんは、気がくるったようにさわぎたてる。けれど、兼吉は、夢をみているのか、目を外のやみにすえたまま出ていってしまった。

おかあさんが、あわてて土間《どま》にとびおりてみると、ふしぎな男と、兼吉のすがたはもう見えなかった。

おかあさんは兼吉の名をよびながら、まっくらな村の道を、気がくるったようにかけていったのである。

おかあさんの家には、いつ、だれが、とどけるのか、お金や食物《たべもの》や、きものが、いっぱいになった。

村の人たちは、よいむすこをもった、となぐさめた。けれどおかあさんはちっともたのしくなかった。毎日、兼吉のことをあんじて、泣《な》いてくらしていた。

「兼吉いねで《いないで》なにがしあわせだべ」

と、くどいている。おいしいごちそうに、はしもつけず、すっかり弱ってしまった。

あるばん、泣きつかれておかあさんは、うとうとねむっていた。すると、どこからか、とてもよい、ふえの音がしてくる。あ、兼吉だ、おかあさんはじっと耳をすました。そのふえの音は、近いようにも、遠いようにも聞えた。本当に、それは兼吉の、あの林でふいていたふえである。

「兼吉、兼吉、兼吉がおらをわせねで《わすれないで》いた。」

おかあさんは、うれしくてなみだが、流れてきた。

すると何ともいえないよいにおいが、外からただよってくる。

「ああ、ヨメさまと来たのが。そうか、そうが。」

おかあさんは、そんなことをつぶやいているうちに、すうすうとねむってしまった。


こうして、まいばん、ふえの音は聞えてきた。

庭には小鳥が、何百ぱとなく集まってきた。リスがきた。ウサギもきた。サルもきた。兼吉のふえをききに集まってきたのである。クマも来るようになった。ずっとあとに、オオカミもとうとうやってきた。

おかあさんは、リスやウサギと一しょにねた。

ひるは、けものたちと遊んで、月日のたつのもわすれて、しあわせな毎日をおくった。


むかしむかしのお話である。

原　文　盛岡市盛岡短期大学教授　深沢省三
〃　深沢紅子
はなし　仙台市五城中学校教諭　石森門之助

だんぶり長者《ちょうじゃ》

〔岩手県〕

むかしむかし、二戸郡《にのへぐん》の田山村《たやまむら》に、左衛門太郎《さえもんたろう》というおひゃくしょうがすんでいました。

ある日、おかみさんといっしょに、山の畑《はたけ》で働《はたら》いていました。

お昼《ひる》を食べてから、左衛門太郎は昼ねをして、うとうとねむってしまいました。よい気持でね入ったころ、どこからかだんぶり（トンボ）が飛んで来て、左衛門太郎の口に尾《お》を入れたかと思うと、向うの岩の方に飛んで行きました。

行ったかと思うと、すぐまたひっかえしてきて、口の中に尾を入れます。こうしてだんぶりは、二、三回同じことをくりかえしたと思うと、どこかへ飛んで行ってしまいました。

おかみさんはこのようすを見て、なんと、ふしぎなことをするものだ、と思っていましたが、やがて左衛門太郎が目をさまして、おかみさんに話しました。

「ちょっとねむった間に、ふしぎなゆめを見たんだよ。なんでもだんぶりのようなものが飛んできて、とてもおいしいお酒を口に入れてはかえり、入れてはかえりしたんだ。だんぶりは、大きな岩のあるところから、運んできたのだが、もっと飲みたいなあ、と思ったとたんに、目がさめてしまった。本当にふしぎなゆめであった。」

おかみさんは、手を打って喜び、

「さてさて、そのゆめはおめでたいことですぞ、そのだんぶりの飛んできたところは、私がよくわかっていますよ」

と、いいます。左衛門太郎はびっくりして、

「お前さんが、私のゆめでみたことを、わかるはずはないだろう」

と、いいますので、おかみさんは、

「いや本当ですよ。あなたがねている間に、こうこうこういうことがあったのです」

と、くわしく話しました。

二人はつれだって岩の方にいって見ますと、だんぶりの飛んできた方に、大きな岩がありました。そしてそこには、きれいな泉《いずみ》が、コンコンとわいておりました。

左衛門太郎が、さっそく手ですくって飲んでみますと、ゆめで見た、あのおいしいおいしいお酒にちがいありません。

「これはきっと、福《ふく》の神《かみ》が、私たちにおさずけ下さったのだろう。」

「そうそう、あのだんぶりは、きっと、福の神のお使いにちがいありません。」

「ありがたいことだ、ありがたいことだ。」

二人は大へん喜んで、この泉のほとりに家をたてて、そのお酒を売り始めました。

ふしぎなお酒の話が、村々につたわってゆき、遠くからも、たくさんの人が買いにきました。毎日毎日くんで売りますが、くんでもくんでも、泉の水はなくなりませんでした。

左衛門太郎たちは、しばらくするうちに、たいした大金持になり、人々からは、だんぶり長者《ちょうじゃ》、だんぶり長者とよばれました。

はなし　盛岡市盛岡童話協会長　近藤　潔

タラの木のことば

〔岩手県〕

ずっとむかしのことです。今の岩手県《いわてけん》の稗貫郡《ひえぬきぐん》の高松というところでのお話です。

観音堂《かんのんどう》山のてっぺんに、とっても大きな松の木が立っていました。山の西にある花巻《はなまき》の町では、この松の木のために、朝日のさすのがずっとおそくなるし、東にある土沢《つちざわ》の町では、日ぐれが早くてこまるといわれたほどです。

この松はふしぎな力をもっていました。人びとが、この松においのりすると、願いごとがなんでもかないます。だから、お参《まい》りにくる人がいつもたくさんありました。

さてそのころ、遠い京《きょう》の都《みやこ》では、天子《てんし》様がへんな病気で苦しんでいました。まよなかになると、東北の空からふいてくる風にのって、黄いろい粉《こな》が、御殿《ごてん》の上いちめんにふりかかってきます。すると天子様はひどくうなされます。今にも死にそうなくるしい声で、ふとんの上をころげまわるのです。まいばんのことです。手足も顔もゆうれいのようにげっそりやせほそってしまいました。

りっぱなお医者《いしゃ》がさしあげる薬《くすり》もききめがありません。神様や仏様《ほとけ》においのりしてもさっぱりよくはなりません。

そこで、都の名高い陰陽師《おんみょうし》（うらないし）の安倍晴光《あべのはるみつ》にうらなってもらうことにしました。

晴光は心をこめてうらないました。そして、

「わかりました。御病気は、都からずっとずっと東北の方のどこかにある、大きな松の木のたたりです。その松の木を切りたおせば、御病気はなおります」

と、もうします。

お役人《やくにん》たちはさっそく、遠い東北の国で大きな松の木をさがしはじめました。そして、とうとう、この高松の観音堂山《かんのんどう》の松の木を見つけました。どこの国にも、これほどの大松はありません。これほどふしぎな力で人びとをおどろかせている松はなかったのです。

りっぱな大松の木を切りたおすのは、もったいないことではありましたが、天子様のおいのちの方がやはりたいせつでした。

都の役所《やくしょ》からさしずがあって、高松とはあまりはなれていない胆沢《いざわ》の城《しろ》から、オジカのスクネというものが、大松を切りたおしにつかわされました。スクネはまだ若い青年でした。元気よく高松の里《さと》にでかけました。

ところが、いざ木を切る人夫《にんぷ》を集めようとしますと、集まらないのです。ふしぎな力を持っ

ている松をおそれて、スクネのいうことをきかないのです。お金をたくさんやったり、刀でおどかしたりして、やっと何人か集めましたが、さていよいよ松を切り始めようとすると、みんなこわがってぐずぐずします。そして、一人がにげだすと、ほかの者もみんなにげていってしまいました。

しかたがないので、スクネは胆沢《いざわ》にかえって、そこから人夫をあつめてきました。その人夫たちも、高松にきて里の者から松の大木のふしぎな力のことをきくと、やはりこわがって、にげだす者もありました。

が、今度は、スクネにしかられるのがおそろしくて、にげずに残った者もいます。スクネば急ぎました。自分から先にたって、松の木を切りにかかりました。二、三日で切りたおせると思っていました。

ところが、切り始めてみておどろいたこと。松のみきは石のようにかたいのです。のこぎりもおのも、ちょっとやそっとでは、歯《は》が立たないのです。

それでも、いっしょうけんめいに、力をこめてやったので、夕方までには、根元を一尺ばかり切ることができました。

そして次の朝です。今日こそはみな切ってしまおう、といさんで松の木に近づいていったスクネと人夫《にんぷ》たちは、アッと目をみはりました。

とんでもないこと。昨日、やっと切りつけた根元のみきが、ちゃんともとの通りになっているではありませんか。切ったあとがどこにも見えません、昨日はそこらにいっぱい散らばっていたきりくずも、一つもない。

びっくりして、おそろしがっている人夫たちを、スクネははげましました。また始めから切りなおしです。夕方にようやく昨日と同じくらいまで切り進みました。

そして、三日目の朝。今度はだいじょうぶだろう、と、急いで松の木に近よってみますと、なんとしたことか、やっぱり、根元の、昨日切ったあとは、ちゃんとふさがっています。

それをみた人夫たちは、ぶるぶるふるえています。おそろしさに歯をガクガクならしているうち、いきなりにげだしてゆく者もあります。そして、残ったのは六人きりになってしまいました。

スクネもおそろしくなりました。けれども、若くて元気な男でした。

「このあやしい松の木を、どうしても切りたおしてやるぞ」とあらためて、かたくかくごするのでした。

そして、夜も休まずに、六人の人夫たちと、かわりばんこに松の根元を切り続けることにしました。

夕方から夜になると、松のみきはいっそうかたくなるようです。それでも、スクネはまけません。人夫たちをさかんにはげましながら、切り続けます。

夜はだんだんふけてゆきます。

と、スクネは急にねむくなってきました。おやっ、と思ってあたりを見ると、人夫たちはみんなもう、松の根元にたおれて、ぐうぐうねむっています。

これはいかん、とスクネは人夫を起してみましたが、だれ一人目をさまそうとしません。そして、スクネも、どうしても立っていられなくなります。

ああ、というまもありません。スクネはふらふらたおれて、何もわからずねむりこんでしまいました。

そのうちに、スクネはふっと目を開きました。いや、ゆめの中で目をさましたのです。目の前は一面、きりがかかっているように、ぼんやりしていましたが、しばらくすると、広い、美しい御殿の中だとわかってきました。

正面のおくの、高いざしきに、だれかねています。よくみると、かみの毛のまっ白い老人です。そして、その左右には家来《けらい》らしい者が、ずらりとならんでいます。一だん下った広いざしきにも、たくさんの人が、しんぱいそうな顔ですわっています。

老人は重い病気らしい。御殿中がしいんとして、たれもだまって、ただ悲しそうな顔をしているばかりです。

この老人はいったいだれなのだろう、とスクネがふしぎに思っている時でした。おくの方から一人の男が出てきました。そして、すわっている人たちに向って、名をよび始めました。

そのよびあげる名をきいて、スクネは、おやっと気がつきました。

「やまとの国かすが山、大杉どの」とか、

「やましろの国おたぎ山、山桜《ざくら》どの」とか、どれも木の名なのです。よばれた者は、静かに立って、上のざしきにゆきます。ねている老人のまくらもとで、ていねいにおじぎをしています。病気のおみまいをしているようです。

はてな、とスクネはますますふしぎです。

すると、今まで名をよびあげていた男が、きっとおそろしい顔になりました。広間の一番うしろを、にらみつけています。

そこにしょんぼりすわっている、みすぼらしくやせ細った者をにらんでいるのでした。

そしていきなり、

「お前はタラの木ではないか」

としかりつけました。ほかの者は、いっせいにうしろをみます。

「タラの木のような、いやしい者が、なんで御殿の中にはいってきたか」

としかりつける声は高くなります。

タラの木は、はずかしそうに下を向きました。やせたからだが、がたがたふるえています。

「これタラの木、いやしい者がお目通りは出来んぞ。さっさと出ていってしまえ」

と大きな声でもう一度しかられると、タラの木は下を向いたまま、足音もたてずに、消えいるように出て行くのでした。

かわいそうに、とスクネが思ったとたんに、すうと目がさめました。もう、朝の光がいっぱいさしこんでいました。

へんてこなゆめをみたものだ、と思いながらも、スクネは松の切りあとの方がしんぱいでした。朝日がちかちかあたっている松の根元をみました。そして、がっかりしました。

切ったあとは、やっぱりふさがっているのです。

まったくがっかりです。けれども、スクネは、高い松の木を根元から上まで、ずうとみあげてゆくうちに、あっそうだ、と心の中でさけびました。

そうだ、ゆめにみたあの老人は、この松の木ではないか、と気がついたのです。

スクネは、ううむとうなって、うでをくみました。

ちがいない、ちがいない。年をとった松の木は切られて、病気になってしまったんだ。それを助けるために、家来たちがあの御殿に集まっているんだ。集まっておいのりしているから、根元の切ったあとが、もとのようにふさがってしまうんだ。と、考えついたのです。

そしてスクネは、ようし、と元気を出しました。とにかく松の木は、切られて病気になるほど弱っているのだから、もう少し切りこんでやれば、もっと苦しんで、さいごには死んでしまうはずだ、と新らしい勇気《ゆうき》がでたのです。

おのをふりあげて、力いっぱい切りかかりました。夜まで休まず切り続けました。

しかし、夜がふけてくると、また急にねむくなって、どうにもしようがありません。地面に転《ころ》がってねてしまいました。

そして、ゆめをみました。

ゆうべのタラの木が現《あら》われて、スクネの前にきちんとすわると、いいはじめるのです。

「私はこの山にすむタラの木でございます。この山に生まれてから、ずっと、ほかの木といっ

しょに大松の木に仕《つか》えてきました。今度、大松が切られて病気になったときいて、しんぱいで
しんぱいでたまらず、御殿におみまいにまいりました。ところが、私は、いやしい者だからと、
みんなの前でばかにされ、追い出されてしまいました。くやしくて、私は泣きながらもどって
きました。このうらみをはらしたくても、力の弱い私にはどうにもなりません。どうか助けて
ください。」
　タラの木はおじぎをしてたのむのでした。
「そうはいっても、どうして助けたらいいのかわからないが」
とスクネはいいました。
　すると、タラの木は、
「あの松の木は、何しろふしぎな力を持っている木の神様です。ただ切るだけでは、決してた
おれません。本当に切りたおすには、あのきりくずをモミヌカといっしょに焼《や》いてしまい、そ
れから切口には塩《しお》をふりかけておくのです。そうすれば、切ったあとはもうぜったいにふさが
りませんから、だんだん深く切りこんでゆけます。どうか、そうしてあれを切りたおしてくだ
さい」
といったかと思うと、すうっと消えてしまいました。
　ゆめからさめたスクネは、タラの木のことばを少しもうたがいませんでした。喜んでまた松
の根元を切り始めました。切りくずがでると、さっさと集めて焼いてしまい、切口にはおしげ
もなく塩をふりかけました。

すると、もう夜になってもねむくなりません。切口もふさがりません。おので切りつける度に、切口は深くなってゆくばかりです。

そしてとうとう、ミリミリミリと大きな泣き声をたてて、大松の木がたおれてしまう日がきました。その時スクネは、山のおくの方で、うれしそうに笑っている声をきいたような気がしました。

その日から、都の天子様の御病気も、急になおってゆきました。

オジカのスクネはおほめをいただきました。そればかりか、たくさんのごほうびがおくられてきました。けれども、スクネは何一ついただこうとしませんでした。そして、だまって、松の木のたおれたあとに、小さいお堂《どう》をつくりはじめました。

タラの木もかわいそうだったけれども、松の木も気の毒《どく》だったからです。そのお堂で松の木をなぐさめてやりたかったのでした。

原　文　盛岡市盛岡短大教授　深沢省三
〃　　　　　　　　　　　　深沢紅子
はなし　宮城県名取高校教諭　浜田隼雄

岩《いわ》の手形《てがた》

〔岩手県〕

むかしむかし、又その昔の大昔、今の盛岡市《もりおかし》も大へんさびしい所でした。げんざいお寺がたくさんならんでいる三割《みっわり》のあたりは家も少く、日中でもうす暗《くら》くなるほど木がしげっていて誰《だれ》でもこわくなるような所でした。ここに盛岡から北や南に通ずるただ一つの道がありました。

この辺に世にもおそろしい羅刹鬼《らせつき》という鬼が出て女や子どもをさらったり、畑をあらして食物をとったりして里人《さとびと》を大へん苦しめて、みんな困《こま》っていました。

「大へんだ大へんだ、てえへんなごとになったャ」

「何がそんたに大へんだ、三平さ、何だべ、青ぐなってわくわくふるえているじゃねェが」

「ウんとなあ、これぁゆんべ（昨夜）さ、仁兵エどごの娘《あね》こ、またそれ鬼《おに》にやられでしまっでさ」

「うーん、そうが、それはぁむぜごとしたな、なんたら、あのめごいあねこなぁ……おらどこではぁ日くれると、戸をぴんとしめで外さ出ねえで、神様おがんでるだ、おっかねがら……」

「いつまでも、こうしておがれながんべ、おらほの息子《むすこ》もお前《めえ》どこの娘《むすめ》っこだってやられるがもわがらねえ、何んとが工夫《くふう》ねえもんだべか」

と附近《ふきん》の人たちがこっそり集って鬼たいじの相談《そうだん》をしました。

そして神様にたいじしていただくことになり、里人たちは、さっそく、この里にまつってある三石《みついし》の神様にお願《ねが》いすることになりました。みんなからだをきよめ一心に、

「神様!! 三石大明神様《みついしだいみょうじんさま》、

私どもが汗《あせ》をながしてとった穀物《こくもつ》や、せっかく育《そだ》てためごい子どもをむりむりうばって行くあの鬼をこらしめてくださいませ、

里人一同このとおりお願いでございます」

と、ねっしんにお祈《いの》りしました。ちょうど三七の二十一日目の終りの日でした。

こうごうしいおすがたの神様が、みんなの前に鬼どもをひっつかまえてあらわれました。

「みんなの願いにより、ここに鬼どもをつれてまいったが、さてどうしたらいいだろう」

と、神様は皆に相談しました。里人は願いがかなったうれしさと、にくらしい鬼への怒《いか》りに、こうふんして、ワーッと一度に申し立てました。

「おらほの息子をかえせ、こんちくしょう。」

「おらどごの娘コや麦をけえしてけろ、なんぼがこの鬼に目に合せられだが!!」

里人たちのひつうな叫《さけ》びに、さすがの鬼どもも青くなってふるえています。神様は、鬼どもにいいました。

「このような里人の苦しい思いを聞くがいい、お前たちの罪《つみ》はゆるしがたい、どうしてくれよう。」

里人たちは、口々にいいます。

「どうぞ、二度と出てこれねェように、岩に封《ふう》じこめて、こらしめてくねェんせッ《（ください）》。」

「んだ、んだ、どうがしてやっつけでけらしぇイ《（ください）》。」

鬼どもは、みんなの前にひらべたくなって、

「どうぞ、みなさま、今後はけっして悪いことはいたしませぬから、それだけはかんべしてくだされ、どうぞゆるしてくだされ。」

「んにゃ、だめだでば、また出てくるから。」

鬼どもは、たるのような涙《なみだ》を流しながら、

「みなさま、もう遠くへ行って、今後決して人間様《にんげんさま》に悪いことはいたしませぬから、岩にふうじこめるのだけはおゆるしくだされ、どうかお願いでございます。」

「んだな、こんたにあやまるんだがら、しかたがねェべ、ぜってえ《（ぜったい）》に出てこねェちゅう約束《やくそく》してもらうんべ。」

神様も同意《どうい》して、鬼どもにいいました。

「それじゃ今日から、かならずこの里を出て行け、ふたたびここへ来ることはゆるさぬぞ、もうこれから里人を苦しめぬという、約束のしるしに、この三石に手の形をおせ!!」

鬼どもは、あのでっかい手を強くおしあてて形を残し、いちもくさんに、遠くどこかに逃げて行ってしまいました。

三石の岩には今でも、でっかい鬼の手の形が見られます。

岩に手の形をおしたということから「岩手」の地名ができたと伝えられております。

その後は、鬼が全く出なくなって平和で豊《ゆた》かなところになり、みんな安心して仕事《しごと》にいそしんだそうです。

この時、里人たちは、うれしさのあまり三石神社の前で、手を打ち、ひょうしをとって自然《しぜん》におどりだし、夜通しおどり廻《まわ》ったといいます。このおどりが、盛岡地方の盆《ぼん》おどりの、「さんさおどり」の初めだそうです。

原　文　盛岡市盛岡童話協会長　近藤潔
はなし　仙台市東北農山漁村文化協会　古館浩

へびの目玉《めだま》

〔岩手県〕

岩手県江刺郡《いわてけんえさしぐん》の福岡村口内《ふくおかむらくちない》に仁八《にはち》という木こりがおりました。ある日、仁八が山からの帰《かえ》り道、森にさしかかりますと、行手《ゆくて》の木にふしぎなものを見つけました。何か生きものらしい黒いものが、ぴったり木にくっついているのです。山になれた仁八もさすがにぞっとして、しばらく遠くからそれを見守りました。

けれども、よくみると若い女の人が黒いなわで、木にしばりつけられているようなので恐《おそ》る恐る近づいて行きました。

ふしぎなこともあるものだ。足音を殺《ころ》して木のそばまで近よった仁八は、その黒いなわと見えたのが、実《じつ》は女のかみの毛であることを知《し》ったとき、ひじょうに驚《おどろ》きました。

若い女の人は、自分の長いかみの毛でからだを木にしばりつけられ、気をうしなっているのか、目をとじています。おっかないながらも気《き》の毒《どく》に思った仁八は、その結《むす》び目をときました。ぐったり横《よこ》になった女は、やがて静《しず》かに目を開《ひら》きました。

「なすてこんたな目にあったのス」

と仁八がたずねると、女はハラハラと涙《なみだ》をこぼして、目を伏《ふ》せてしまいました。

「一体《たい》どこからおいでなさった」

とたずねても泣《な》くばかりで何もこたえません。若い仁八は困ってしまって、しばらく泣き伏《ふ》している女を見ていましたが、とうとう思いきって女のそばを離《はな》れてあるきはじめました。

すると、女はからだをおこして
「待《ま》って下さい」

と呼《よ》びとめます。ふりむく仁八に、

「お願《ねが》いでございます。私を連《つ》れて行って下さいませ」

とたのみます。知らない女であっても、このままこの森に一人おいておくのはかわいそうです。仁八は、自分の家につれて帰りました。

こうして仁八は、この女と一しょにくらすことになりました。

しかし、女は自分の過去《かこ》のことは何も話しません。仁八も、何か深《ふか》いわけがあることだろうと思って、むりにききませんでした。

ある日仁八はとうとう女に
「お前さん、おれのオカタ（妻）になってくれないか」

と結婚《けっこん》を申込みましたが、やがて

「私のようなものにそういって下さるのは、誠《まこと》に有難《ありがた》いことでございます。私の身の上のことは何もきかないと約束《やくそく》して下さるなら、妻にしていただいてよろしうございます」

というのです。仁八は
「すぎさったお前さんにどんなことがあっても、それはいっこうかまわない。その事はぜったいに何もきかないから」

と約束しました。

こうして二人は結婚しました。仲《なか》よくくらすうちに、やがて子どもが生れることになりました。すると女は
「私がお産《さん》のときには、家のまわりにかこいを作って下さい。そして私が赤ん坊《ぼう》をつれて出てくるまで、決《けっ》して部屋《へや》の中を見ないで下さい」

とたのみます。

仁八がそのとおり、かこいを作りました。仁八は約束《やくそく》通り外で待っていましたが、二日たち三日たつうちに、仁八は妻が苦しんでいるのではないかと心配《しんぱい》になりはじめ、妻との約束をやぶって、とうとうかこいの板《いた》の小さな節穴《ふしあな》から、中をそうっとのぞきました。そのとたんに仁八はおどろいて気を失いそうになりました。

産室の中には大きなへびが、生れたばかりの赤ん坊をまん中に、とぐろをまいているではありませんか。仁八はやっと気《き》を落《お》ちつけて、そっとかこいを離《はな》れました。そして不思議《ふしぎ》な女だとは思っていたがなるほどあの女はへびだったのか、だが一度夫婦《ふうふ》の縁《えん》を結んだものを……悪《わる》

いものを見てしまった、ああ悪《わる》いことをしてしまった、と後悔するのでした。
やがて七日たつと、女はかわいい男の子をだいて出てきました。そしてさめざめと泣きながら
「あれほどお頼《たの》みしたのに、お前さまはどうして産室《さんしつ》の中を見なさった。今まで話さなかったけれども、こうなった以上は、すっかりお話し申します。実《じつ》は私は山の神様ののろいをうけてへびにされてしまったのです。そして一度《ど》だけ人間の姿《すがた》にかえしてもらい、本当に愛《あい》してくれる人が裏切《うらぎ》らなかったら、そのまま人間でいることができたのですが、お前さまに裏切られたので、もう人間でいることはできなくなりました。これからすぐ山の沼《ぬま》に帰らなければなりませんが、この子だけはたいせつに育《そだ》てて下さいませ。お願《ねが》い申します」
というちにも、下半身《しもはんしん》の方からしだいにへびの姿《すがた》に変《かわ》ってゆくのでした。
子どもを渡された仁八が
「お前さんに行かれてしまって、おれがナジョ《（どうして）》にしてこのわらしを育てることができるか」
といいますと、女は
「この子が泣くときはこれをなめさせて下さい」
と、自分の左の目をくりぬいて仁八にわたすと、もうすっかり大きなへびの姿で、なごり惜《お》しそうにふりかえりながら、ずるずると山の方に行ってしまいました。
仁八は、残された子どもを坊太郎《ぼうたろう》と名づけて泣くときには母の目玉をしゃぶらせて、育てました。母の愛情《あいじょう》のこもったこの目玉は、ふしぎなはたらきをして、坊太郎はすくすくと育っ

てゆきました。しかし、それにつれて目玉はだんだん小さくなって、とうとうしゃぶりつくしてしまったのです。

目玉がなくなると、坊太郎は泣いて、いくらあやしてもほかのものを食べさせても、泣きやみません。こまってしまった仁八はとうとう坊太郎をおぶって、山の中の沼《ぬま》に母を探《さが》しに行きました。山の奥をさまよって、やっとそれらしい沼にたどりついた仁八は

「坊太郎ァオガァ（おかあさん）どこだべなあ！　坊太郎ァオガァどこだべなあ！」

と、よびました。

やがて、そのよび声にこたえて、沼の中から大きなへびがあらわれました。仁八が、

「お前がいなくなってから、この子を毎日お前の目玉をなめさせて育ててきたが、もう目玉もなめつくしてしまったので、泣いて仕方がない」

といいました。

へびは悲《かな》しそうにきいていましたが

「それでは、もう一つの目玉をあげますが、これで私は目が二つともなくなって、夜明《よあ》けも日《ひ》暮《ぐ》れも分らなくなります。おねがいですから、この沼のほとりに鐘《かね》をつるして朝夕に時《とき》を教《おし》えて下さいませ」

と、右の目をくりぬいて泣きじゃくる坊太郎ににぎらせると

「じょうぶに育てなさいね。別れたくはないけれど、これはのろいをうけた私の悲《かな》しい運命《うんめい》です。坊やのことは、私は蔭《かげ》ながらお守りします」

と、二つの目から血と涙を流しながら沼の底に沈んでゆきました。

　何もわからない坊太郎は、目玉があたえられると、さっそくしゃぶって、うれしそうにわらっていました。仁八は、沼に近い峰《みね》の寺に大きな鐘《かね》を納《おさ》めて、朝夕その鐘をついて、沼のへびに、時をしらせました。坊太郎が二つめの目玉をしゃぶりつくしたころには、もうりっぱな子どもになっていました。

　坊太郎は十くらいになったとき、里の子どもたちと遊んでいても、自分の母親のないことがふしぎでなりませんでした。そこで父にたずねると、仁八は今まで秘密《ひみつ》にしてきた母のことを話しました。これをきいた坊太郎は、たとえおそろしい姿のへびであってもお母さんにいてもらいたいと思いました。

　とうとうある日、坊太郎は、ひそかに家を出て、山の沼をたずねて行きました。沼のほとりに立って
「坊太郎ァオガァ出ておでァれー《（おぃでー）》」

と声をかぎりに呼びますと、沼の中からめくらのへびがあらわれました。

　坊太郎はさすがに恐《おそ》ろしくなって一度は逃《に》げかけましたが、目をつぶしてまでも、自分を育ててくれた母親《ははおや》だと思うと、急になつかしくなって
「オガァ」

と夢中《むちゅう》でその首にしがみつき、ウァウァと泣きました。

　その涙がへびの目にハラハラとかかると、にわかにへびは女の姿にかわり、しかもその目も

りっぱに開いていました。

「坊太郎、こんな山の中まで、よくひとりで来てくれましたね。そしてみにくい私をよくだいてくれましたね。お前のお陰《かげ》で私も山の神様ののろいが解《と》けてやっとまた人間にもどることができました。」

母はこういって坊太郎をしっかりだきしめるのでした。

その後《ご》親子三人が仲《なか》よく幸福《こうふく》にくらしましたことはいうまでもありません。

はなし　盛岡市盛岡短大教授　深沢省三
〃　深沢紅子

みやぎ

雪コンコン

雪コンコン雨コンコン
お寺の梨《なし》の木さ
雪一杯《いっぺあ》たまれ
小僧《こぞう》　小僧ほろけ
和尚《おしょう》さん　ほろがねから
おらやんだ

採譜　武田忠一郎

木《き》の精《せい》と茂作《もさく》じいさん

〔宮城県〕

くりひろいにいって、道にまよった茂作じいさんは、すっかり困ってしまいました。

まだ日が高いので、日がくれるまでには、どうにか、人の通る道に出られる、と思って歩いたのですが、どうしたことか、ますます山のおくに入って行くのでした。

「こんなにおそくなって、ばあさんがしんぱいしているだろうなア、ああ困った」

と、大きくためいきをつきながら、ねるばしょをさがそうと、星のあかりをたよりに歩きました。夜のつめたさが身にしみます。

しばらく歩くと、大きいえんじゅの木がありました。

木の前には草がはえていて、人があつまったあとのようなかんじがします。

「もしかしたら、近くにさんぞくがいて、はだかにされるかもしれない。おれは、どうしてこんなふしあわせなんだろう」と泣きだしそうになりました。

えんじゅの木をなでていたら、ちょうど、じいさんの目の高さぐらいのところに、大きなあながあるのに気がつきました。

「このあなの中に入って、こんやをあかそう。ここならおおかみも来ないし、さんぞくもわからないだろう。かみさまはどうやら、まだおれをみすてないぞ」

と思うと、元気が出てきました。

外のつめたさにくらべて、あなの中は、ぽっとあたたかです。おなかのすいてきたじいさんは、どっかりこしをおろして、しょってきたくりをたべはじめました。くりのあまいしるが、かわいたのどをうるおし、おなかのくちくなったじいさんは、うとうとといねむりをはじめました。

どのくらいたったでしょう。

何かいいあっている高い声に、じいさんは目をさましました。ちょっと外を見ると、青おに、赤おに、くろおにたちが、十五ひきも、たきびをしながら「バクチ」のまっさいちゅうです。

茂作じいさんは、おそろしさで、むねがどきんとしました。

しかし、「バクチ」にむちゅうになっているおにたちは、すぐそばにいるにんげんが見えないのでしょう。一つのしょうぶのたびに、ワーッ、ワーッとさけんでいます。

するると、

「じいさん、じいさん」

と、だれかが、耳もとでひくくよぶので、ハッとしました。あたりをみまわしても、だれもいません。

「じいさん、おどろくことはない。このえんじゅの木の精《せい》ですよ。よくおちついて、私のいうことをききなさい。もうすこしたってから、私があいずをするから、その時は、大きいこえで、コケッコッコーと、にわとりのなくまねをしなさい。けっして、おにたちには見つかりません。木の精が、じいさんのからだを、おにの目には見えないようにしているから、あんしんしてやりなさい」

というのです。

えんじゅの木の精が、私をまもってくれる……じいさんは口の中で、くりかえしました。

しばらくすると、木の精が、

「じいさん、一ばんどり、大きいこえで」

と、いいます。じいさんは、大きくいきをすいこんで、

「コケッコッコー」となきました。

「おや、もう一番どりか、ばかにはやいじゃないか。」

おにのかしらが、大きいこえでいいながら、バクチをつづけています。じいさんも、おもし

ろくなってきました。

うつらうつらいねむりをしている耳もとで、

「こんどは二ばんどりだよ」

と、木の精がよびかけます。

「コケッコッコー」と、前よりもじょうずになきました。

「もう、二ばんどりか、こんやはばかに夜がみじけぇなア、しょうぶをいそげよ。」

おにたちは、いそいでしょうぶをつづけました。

みんな、お金をどっさりつんで、バクチをしているのです。

「じいさん、三ばんどりだ、つづけて二かい」

と、木の精がいいました。

「コケッコッコー、コケッコッコー。」

「そうら三ばんどりだ、このままにしてすぐかえれ。」

おやぶんの赤おにがさけぶと、金をおいたまま、山おくへどんどんにげていきました。

「じいさん、その金は、みんなもっておかえり。そのかわりに、くりはこのあなにおいていきなさい。夜があけたら、お日さまにむかって、どこまでもいくと、人のとおるみちにでるから。だが、二どと、ここへはこないように。」

ほんとうに、ふしぎな一夜でした。夜があけて、おにたちののこしていったお金をもって、茂作じいさんは、東へ東へと、どんどんあるきだしました。

はなし　宮城県桃生郡河南町　岩倉秋湖

狐《きつね》のお産《さん》

〔宮城県〕

粉雪《こなゆき》が静かに降《ふ》っている晩《ばん》でした。もう十二時ごろです。

龍沢《りゅうたく》先生のげんかんに、提灯《ちょうちん》を手にさげ、馬をひいた若者がやってきました。

梅田龍沢先生は、もう六十七歳でしたが、ここらへんでは、第一等の産科《さんか》のお医《い》者さんです。

「今晩は、先生、お願いにまいりました」

とよんでいる若者の声をききつけた先生は、もうふとんの中でやすんでいましたが、こんな夜ふけにむかえにくるのは、よほど難産《なんざん》なのだろう、と起き上がりました。

そこへ、げんかんに出ていった女中が、先生をおこしにきました。

「どこからむかえに来たのじゃな」

と先生がたずねますと、女中は、

「みたことのない人なので、家をききますと、先生がおいでになればわかります、というばかりです。にこにこしておとなしそうな若者ですが、どうなさいますか」

といいます。

龍沢先生は、

「そうか。ともかく、わざわざむかえに来たからには、行ってやらずばなるまい」

といって、寒くないように着物をきてから、外に出ました。

新しいわらであんだ雪ぐつをはき、すっぽり雪ずきんをかぶると、六十七歳の老人とは見えません。若者が手綱《たづな》をとっている馬に、元気にのると、

「さ、行こう」

と、若者をうながします。

いつの間にか雪が晴れて、月が出ていました。美しい雪月夜です。

若者はだまって馬をひいていきます。

馬の上の龍沢先生は、いい気持でゆられているうちに、ついうとうととねむってしまいました。

やがて馬がとまったようで、先生はふっと目をさましました。

杉の木立《こだち》にかこまれ、黒べいもりっぱな、大きいやしきの門前でした。

「ここです。さあどうぞ」

という若者のあんないで、馬をおりた先生は、大きな門のくぐり戸をくぐって中に入りました。

つき山があり、枝ぶりのよい松のむこうに泉水《せんすい》が見え、石どうろうも立っています。なかなか大きくてりっぱな家です。

げんかんには、あかあかと灯《ひ》がともっていました。

しょうじがあいて、この家のおくさんらしい人がむかえに出ました。ていねいにおじぎをしただけで、だまっておくに案内《あんない》します。

先生は何もいわないのはみょうだとも思いませんでした。お産がしんぱいなので口がきけないのだろう、と思って、だまってついていきました。

げんかんから三つ目のへやにみちびかれるのでした。

へやの中には、うりざねがおの美しい二十《はたち》くらいのむすめがねていました。そのまわりには、そのむすめの父親らしい茶じまのきものをきた男や、妹《いもうと》といっても、三つ子ではないかと思われるほど、年のちがわない美しい二人のむすめがすわって、心配そうにひっそりしています。

げんかんにむかえに出たおくさんも父親のそばにそっとすわりました。

ジジとあんどんの灯《ひ》がなります。

龍沢先生は、ふとんの中のむすめの手をとって、まずみゃくをみました。

「うん、だいじょうぶだ」

と、その手をふとんの中に入れましたが、むすめは顔をゆがめて、ううとうなりだしました。

もうすぐ生まれるところです。

先生は手ぎわよく、したくにかかりました。

やがて、生まれたのは、男のふたごでした。ふたりとも元気で小さい手足を動かしています。新しいおかあさんも安心してすやすやねむっています。

龍沢先生はほっとして、どうぐやくすりをかたづけました。

それから別のへやに案内されていくと、御ちそうがでています。

雪の夜で、今のしごとにつかれたあとでもあるし、御ちそうはおいしいし、お酒《さけ》のあじもかくべつでした。

先生はすっかりよい気持になりました。

そして、ふつうの十ばいにもなる、お礼《れい》のお金を、むりやりにうけとらされて、やっと帰ることになりました。

少しよってよろめく足で、げんかんに出た時、先生は、おくってきたおくさんに、

「赤ちゃんもおかあさんも、心配《しんぱい》はありません。ていねいにあつかってあげなさい」

といってから、ふと、この家の名前をまだきいてなかったのを思い出して、

「こちらははじめてのおたくですが、何というところの、どなたさまですか」

と、たずねてみました。

すると、おくさんは、

「もし、かわったことがありましたら、また若い者をおむかえにさしあげます」

といって、にっこりするだけでした。

先生は、うなずいて外に出ました。

さっきの若者が待っています。門の前にはさっきの馬も立っています。

先生がのると馬は静かに歩きだします。

やはり絵《え》のように美しい月にてらされた雪みちでした。

つかれたあとのほろよいで、先生はまた、馬の上でこくりこくりねむってしまいました。目がさめたのは自分の家の門の前で、夜はしらじらと明けそめています。

女中がむかえに出てきて、

「ずいぶんおそうございましたね。よほど手のかかるお産でございましたか」

とねぎらってくれるのでした。

「いや、大したことではなかった。が、ねむい」

などといいながら、先生はげんかんで雪ぐつをぬぎかけて、ふとおくってくれた若者に、ごくろう、というつもりで外をみました。

ところが、つい今そこにいた若者も馬も、いつのまにやらけむりのように消えているのです。

「はてな、あたりまえなら、『ありがとうございました』ぐらいは、あいさつしていくのになあ」

とふしぎに思いましたが、先生はなにしろねむくてねむくてたまらなかったので、そのままおくに入ってしまいました。

そして、あたたかいこたつの入ったふとんにもぐりこむと、その日はくらくなるまで、一日じゅうねむりこけました。

その夜も粉雪が降っていました。

龍沢先生はやっと目をさましました。もうだいぶ夜ふけです。昨夜、若者に起された頃でした。

「ああ、よくねむったものだ」

と、あたたかいふとんの中で、先生がせのびをしている時でした。

雨戸の外で、誰かが、

「今晩は、今晩は」

とよんでいます。

女中はぐっすりねむりこんでいるとみえて、起きようともしません。

先生は起きてみようと、えへん、えへんとせきをしました。

すると、雨戸《あまど》の外で、

「先生、昨夜はありがとうございました。お礼をもってきました」

という声につづいて、何やら雨戸にあたった音がして、あとは又しいんと静かになってしまいました。

先生は、ねぼけてゆめをみたような気持でした。それに寒い夜ふけです。そのまま、ふとんのあたたかさにつつまれてねむってしまいました。

あくる朝はよい天気に晴れていました。

雪はきに起きだした下男《げなん》が、龍沢先生のねているへやの前にあるにわをみて、おやっ、とおどろきました。

白い雪の上に、半ぶんうずまって、なわからげにしたものがころがっているのです。

何だろう、と取りあげてみると、あぶらがかかって、ほんとうにうまそうな大きいかもが一ぱ、なわでからげてあるのです。

あとから起きてきて、そのかもをみせられた龍沢先生は、ううむ、とうなりました。考えこんでしまいました。

そして、やっと、あれは人間ではなかったのかもしれない、狐《きつね》の家によばれていったんだなと思いあたりました。

若者もへんだし、あの家もへんだし、家の者たちの顔は、みな同じような顔だったし、ろくに口もきかなかったし、と思うと、やっぱり狐だったとしか思われません。

しかし、お礼にもらったお金は、木の葉ではありませんでした。かももほんとのかもでした。

この話をきいた、先生の家の人やせけんの人たちは、狐までが、龍沢先生のうでがいいのを知ってたのみにきたのだ、とうわさして、先生は八十八でなくなるまで、毎日いそがしい先生でした。

原　文　宮城県桃生郡河南町　岩倉秋湖
はなし　宮城県名取高校教諭　浜田隼雄

古屋《ふるや》のもり

〔宮城県〕

むかしむかし、ずっと昔、ある山奥の一軒屋《いっけんや》で、おじいさんとおばあさんがお茶を飲みながら話をしていました。

「ねえ、おじいさん。いったいこの世の中で、いちばんおっかないものったら、なんでしょうね。」

「そうさなァ、なにがおっかねえって、おら狼《おおかみ》よりおっかねえものはないと思うなァ。」

「なるほど。だがねえ、おじいさん、私《わたし》や狼よりも、古屋《ふるや》のもりがいちばんおっかねえねえ。ほら、今夜みたいに雨が降りつづくと、そろそろもりが来ますよ、おじいさん。」

そう言いながら、おばあさんば、天井《てんじょう》を見上げて雨もりはしないかと案《あん》じていました。

ちょうどその時、うまやの馬をねらって来た狼が、この話を聞きました。

「こりゃいかんぞ。おれよりおっかない古屋のもりというのは、いったいどんなやつだろう。よほど強い奴《やつ》にちがいない。これはうかうかできないぞ。」

狼はこわくなって来ました。そのとたん、家の中のおばあさんが、だしぬけに大きな声をあげました。

「おじいさん、おじいさん。来ましたよ、来ましたよ。いよいよもりがやって来ましたよ。」

狼はびっくりしました。馬をとるどころか、しっぽをまいて逃《に》げ出そうとしました。ところが、うまやの前の暗やみまで逃げて来たとき、人間がひとりひょいととび出すと、いきなり狼のせなかにとび乗りました。これは馬を盗《ぬす》みに来た馬どろぼうでした。まっくらでようすが分らないどろぼうは、のそのそやって来た狼をてっきり馬と思いこんで大喜びでとび乗ったのです。

さあ、びっくりしたのは狼です。今の今まで、古屋のもりのことばかり考えていたやさきでしたから、まさか馬どろぼうだとは思いません。さてこそ古屋のもりにつかまった！　これはたいへんだ、と、大あわてにあわてて、めくらめっぽう、まっしぐらにかけだしました。馬どろぼうもおどろきました。たかが子馬だと思ったのが、早いこと早いこと、風を切って走り出すいきおいに、ただもう振《ふ》りおとされまいと、むちゅうでしがみつくばかりです。狼は野をこえ、谷を渡り、走りに走りました。そのうちに、夜がしらじらと明けてきました。明かるくなって、馬どろぼうは二度びっくりしました。今まで子馬だとばかり思って乗っていたのは、なんと、ものすごい狼なのです。

「これはとんだことになったもんだ。今のうちに逃げなければ、おれはこいつに喰《く》い殺されてしまう。」

馬どろぼうは、思いきって、狼のせなかからスポーンと、とびおりました。ごろごろごろっと転って、やっと起き上った目の前にあった一軒の家の中に入りこむなり、ぎっちりと戸をしめました。

その家は、山のうさぎの家でした。

そこへあるじのうさぎが山から帰って来ました。家へ入ろうとして、戸に手をかけたうさぎは、はてな、と思いました。戸があかないのです。

「おかしいな。よいしょ、よいしょッ。」

やっぱり戸はあきません。あかないわけです。中にいた馬どろぼうが、てっきり狼がもどって来たものと思って、あらんかぎりの力で戸を押えていたのです。

「はてな？　なにか中にいるのかな。」

うさぎは、ふしぎに思って、戸の節穴《ふしあな》からそろそろそろと、しっぽを入れてみました。ぐるり、ぐるりと家の中をかき廻してみました。それをみた馬どろぼうは、力まかせにしっぽをひっぱりました。

「いて、て、て……」

うさぎはびっくりぎょうてん、とびあがって逃げようとしたからたまりません。うさぎのしっぽは、根もとからプツンと切れてしまいました。

このときから、うさきのしっぽはみじかくなってしまったということです。

はなし　仙台市東北大附属小学校教諭　富田博

あぶと手斧《ちょんな》

〔宮城県〕

巡礼《じゅんれい》さんは、たいへんつかれていました。あかあかと夕やけがしています。道ばたにふるいお堂《どう》がありました。

「今夜は、ここで休ませていただきましょう。ありがたいことです。」

巡礼さんは、とびらをあけて中へはいりました。夕方のうす明りにすかして見ました。かんのんさまがまつられてありました。

「かんのんさま、どうぞ、お宿《やど》をかしてください。」

巡礼さんは、かんのんさまをおがみ、おきょうをよみました。そうしているうちにまっくらになったので、

「かんのんさま、ごめんくださいまし」

と、横になりました。たいへんつかれていましたので、ぐっすりとねむってしまいました。

それは、もう、明け方だったでしょうか。巡礼さんは、人の声を聞きました。

「けさ、五郎じの家に、男の子が生まれる。」

「その子のいのちは。」

「あぶと手斧《ちょんな》。」

なんとふしぎな会話《かいわ》でしょう。

巡礼さんは、はっと目がさめました。とびらをあけて、あたりをみましたが、だれもいません。おかしなこと、きっと夢《ゆめ》をみたのですね。巡礼さんは、ひとりごとをいいました。もう、朝になりましたので、草のつゆで顔をあらいました。かんのんさまにおきょうをあげて、おわかれしました。

まわりを大きな木にかこまれて、一けんの家がありました。近所の人が二、三人、その家に入っていくところでした。

「ここは、五郎じさんのお家ですか。」

巡礼さんは聞いて、はっと思いました。じぶんでたずねるつもりもないのに、すらすらと、言葉が出たのでした。そうだと、女の人がこたえましたので、

「では、男のお子さんが生まれたのですね」

と、聞きました。近所の女の人たちは、巡礼さんをふしぎがって、五郎じさんの家へ連れていきました。

五郎じさんは、男の子が生まれたので、とても喜んでいたところでした。

巡礼さんは、けさの話をしました。でも、だれも「あぶとちょんな」の意味がわかりません。

「巡礼さんは、ふしぎな夢を見ただけだよ」ということになりました。

それから十いく年たちました。

巡礼さんは、また巡礼にでて、この村をとおりました。

「五郎じさん、あのとき生まれた男の子は、どうなりましたか。」

巡礼さんは、十いく年まえのふしぎな夢を思いだしたので、たずねていったのです。

五郎じは、なみだを手のこうでふいていいました。

「巡礼さんのお話を、夢だなんてわらったので、悲しいことになってしまいました。あの子は、大工《だいく》になりました。ふた月まえのことです。しごとをしていると、ひざっかぶにあぶがとまりました。あぶを追っぱらおうとして、手にもっていた手斧《ておの》で、足をきってしまったのです。そのきずがもとで、巡礼さん、あの子は、とうとう死んでしまいましたんじゃ。きょうが、ちょうど、四十九日のめい日です。」

巡礼さんもおどろきました。

「あぶと、手斧《ちょんな》は、かんのんさまのおつげでしたか。それにしても、五郎じの、ひとりむすこを助けていただけなかったのは、なさけないことです。」

巡礼さんは、死んだ五郎じのむすこに、おきょうをあげながら、心の中でそうおもいました。そして、五郎じさんに、もう一人、よい子をさずけてください、と、かんのんさまに、ねっしんにお願いしたのです。

その年、五郎じさんには、りこうな、かわいい子どもが生まれたそうですが、昔は、ふしぎな話が多かったものですね。

原　文　宮城県登米郡豊里町豊里中学校教諭　佐藤進
はなし　仙台市五城中学校教諭　石森門之助

豆とお地蔵《ぢぞう》さん

〔宮城県〕

昔昔、うんと昔、この地方に、貧《まず》しいくらしをしていましたが、大変《たいへん》なさけ深く正直な、おばあさんがおりました。

或る日のこと、おばあさんは何時《いっ》ものように朝早く起きて、庭《にわ》をいっしょうけんめいそうじしていました。ところが、一粒《つぶ》の豆が落ちていました。おばあさんは一粒の豆でも、お百姓《ひゃくしょう》さんが一年もかかって作った豆だから、そまつにしてはならないと思って、その豆を拾おうとしますと、その豆が、ころころところがってしまいました。おばあさんが、その豆を追いかけたら、またころころころがって庭の小さな穴《あな》の中に入ってしまいました。

おばあさんは穴の中に入ってしまっては、ねずみに食べられると大変だとその穴をほりますと、だんだんと大きな、深い穴になっていきました。そしてその穴は、大きな道になってつづいていました。おばあさんはふしぎに思って豆を追《お》いかけて、穴の道を、どんどんと入って行きました。すると、そこに大きな古いお地蔵《ぢぞう》さんがありました。そのお地蔵さんの足のところに豆があったので、おばあさんは、

「お地蔵さん、この豆は私の庭から、ころがって来た豆ですから、いただいて参《まい》ります」

といって豆を拾って帰ろうとしますと、

「おばあさん、ちょっとお待《ま》ちなさい」

とお地蔵さんが申《もう》されました。

おばあさんは、びっくりして、

「お地蔵さん、なんの御用《ごよう》でしょうか」

と、たずねますと、お地蔵さんは、にこにこして、

「おばあさん、あなたは大変正直でなさけ深くて働きものだから、ごほうびをあげるから私の背中《せなか》に、しばらく、かくれていなさい」

と言われました。

おばあさんは、ますますふしぎに思ってお地蔵さんに、いわれた通りに背中の方に、かくれていました。

まもなく鬼たちが、大きな重そうな袋《ふくろ》を、かついでやって来ました。そしてお地蔵さんの前で鬼たちは、さかもりを始《はじ》めました。するとお地蔵さんは、

「おばあさん、早く、にわとりの鳴《な》き声をしなさい」

と申されました。おばあさんは、すぐに、

「こけこっこう！」

といいますと、鬼たちは、

「たいへんだ。たいへんだ!! 夜があけた!!」

と、さけんで、大きな袋《ふくろ》を、おいたまま逃《に》げて行ってしまいました。びっくりした、おばあさんの顔を見て、お地蔵さんは、くすくす笑い出しました。そしてこういうのでした。

「おばあさん、悪い鬼たちは、みんな逃げてしまいました。鬼たちが、おいて行った、その大きな袋には、たくさんお金が入っています。早く持って帰りなさい」

と申されました。おばあさんは、お地蔵さんに、うんとお礼をいって穴の道を、袋をかついで帰って来ました。おばあさんは、さっそく近くの人たちみんなに集ってもらって、今日のことを、くわしく話して聞かせて、貧しい人たちに、たくさんお金を、わけてやりました。このことが村の人たち全部の評判《ひょうばん》になりました。それもみな、おばあさんの正直な心にお地蔵さんが、お恵《めぐ》み下されたものだと語り合いました。

ところが、隣村《となりむら》に一人の、ばあさんがいましたが、前のおばあさんとははんたいに、慾《よく》の深い心の正しくない、ばあさんでした。お地蔵さんの話を聞いて、自分もお金持ちになりたいと考えました。それにはお地蔵さんを見つけなければならないと、庭の穴を掘《ほ》り歩きました。方々《ほうぼう》掘って歩いて、やっとお地蔵さんを見つけ出しました。ばあさんが背中にかくれていますと、やがて鬼たちが、やってきました。ばあさんはお地蔵さんが、何もいわないのに、とび出

して、

「こけこっこう！」

とさけびました。すると鬼たちは、

「この前だましたのは、このばあさんか、こらしめてやれ」

と、ばあさんを、うんといじめました。ばあさんを、ひどい目にあわせた鬼たちは、帰って行ってしまいました。ところがふしぎなことに、このばあさんの顔が、いつの間にか鬼の顔にかわってしまっていました。ばあさんは、びっくりして泣き出してしまいました。だまって見つめていたお地蔵さんが、

「ばあさんよ、あなたは、心をまねないで、人まねをしたために、そんなことになったのです」

と、ねんごろに人の正しい道を語って聞かせました。ばあさんは、はじめて、自分が慾《よく》にばかり目がくらんでいたことを知って、正しい心の人になりますと、お地蔵さんにちかいました。そうすると、今まで鬼のように見えていた、ばあさんの顔が、やさしい人間の顔にかわりました。

それからは、村の人たちは、みんな心の正しい人たちだけになったのです。

今も、この地方の村々は平和な明るい毎日がつづいています。

はなし　宮城県登米郡上沼村　上沼農業高等学校教諭　山内俊道

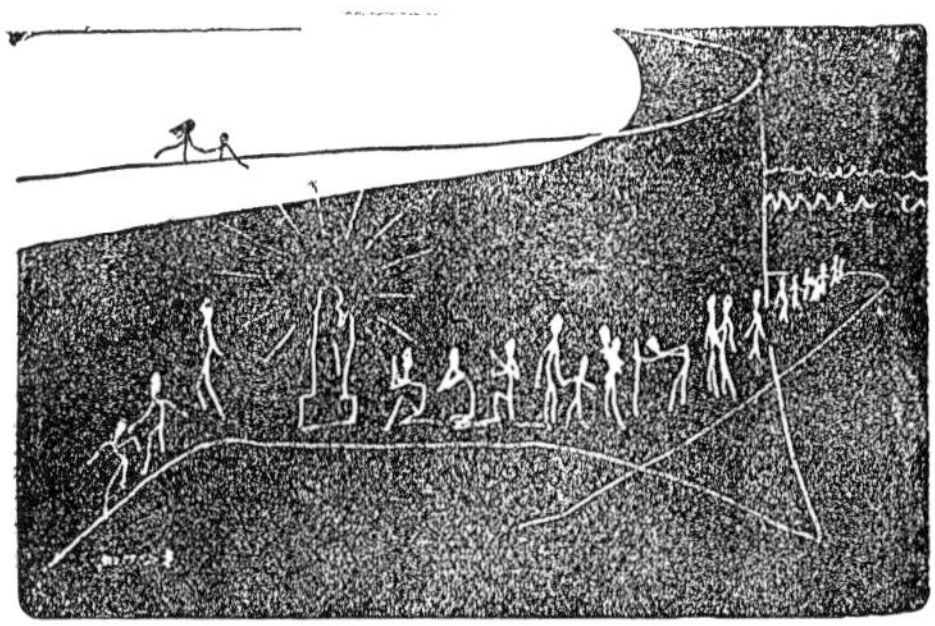

導《みちび》き地蔵《じぞう》

〔宮城県〕

「浜吉《はまきち》、眠《ねむ》るんでねえど。もうすぐ家さ着くからな、浜吉！」

おっかあさんに手をぐいと引っぱられるたんびに、浜吉はハッとして目をさますのです。

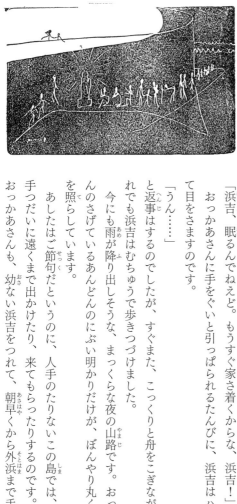

「うん……」

と返事《へんじ》はするのでしたが、すぐまた、こっくりと舟をこぎながら、それでも浜吉はむちゅうで歩きつづけました。

今にも雨《あめ》が降《ふ》り出しそうな、まっくらな夜の山路《やまじ》です。おっかあさんのさげているあんどんのにぶい明かりだけが、ぼんやり丸く足もとを照《て》らしています。

あしたはご節句《せっく》だというのに、人手のたりないこの島《しま》では、田植《たうえ》の手つだいに遠くまで出かけたり、来てもらったりするのです。浜吉のおっかあさんも、幼《おさ》ない浜吉をつれて、朝早《あさはや》くから外浜《そとはま》まで手伝いに行き、今、その帰りみちなのです。小さい浜吉がつかれきって、おっかあさんにもたれかかったまま、眠りながら歩くのも無理《むり》のないことでした。

「ほら、浜吉、もうにらの脇《わき》のお地蔵さまだ。あとすぐだからな。」

そう言って、浜吉の手を引っぱろうとしたおっかあさんは、急にはッとして、足をとめました。お地蔵のあたりに、だれか人のいるけはいがしたのです。

おっかあさんの背すじを、スーッと冷《つめ》たいものが流れました。

『この地蔵さまには、明日亡くなるという人が、ごあいさつに来る』という言いつたえを思い出したからです。

おっかあさんは、こわごわ、お地蔵さまの方をすかして見ました。

いました。白い三角の紙をひたいにつけ、白い着物《きもの》を着た亡者《もうじゃ》です。しかもレッキとした、たいかくのいい若い男の亡者が、お地蔵さまをおがんでいるのです。それを見るとおっかあさんは、こわいよりも気《き》の毒《どく》になりました。

「まずまず、誰《だれ》だべ、この人。病気《びょうき》でもないようだが、なして死ぬんだべ……。船か、けがででも死ぬんだろうが。かわいそうに。ナムアミダ仏……」

と、つぶやきました。と、驚《おどろ》いたことに、この男の、おがむのを待《ま》ちかねるように、つぎに待っているおばあさんがあるのです。

「あれ……村一番の年よりのおばんちゃんが、この頃急《ごろきゅう》に弱《よわ》くなったというが、いよいよ明日なんだな。こんでは、明日は二人も死ぬんだべが……」

と、思っていると、そのつぎに又来ています。ちのみ児《ご》をだいた若い母親《ははおや》です。

「まんず、この人、お産《さん》で死ぬんだべが、かわいそうになあ……。」

浜吉を見ると、浜吉は横向《よこむ》きの姿勢《しせい》でよりかかったまま眠っています。やれやれ……と思って地蔵さまの方を見ると、また一人おがんでいます。こんどは子どもです。

よく気をつけて見ると、つぎつぎと待っている亡者たちが地蔵さまのあたりにうようよしているのです。亡者たちは、なにか大そう急いでいるらしく、番を待ちかねて、てんでにその場所《しょ》から地蔵さまをおがんでは、すうっと見えてなくなっていきます。

「なんたらこった。こんなに大ぜい、いったい、どうしたわけだべ……。」

おっかあさんが、あきれていると、今まで眠っていた浜吉が、急に目をさましました。おっかあさんは、あわてて浜吉を上衣の中にかいこみました。こんなできごとを、出世前《しゅっせまえ》の子どもに見せるものではないからです。でも浜吉は、すそから頭をペロンと出してこのようすを見ると、

「おっかあ、あれ、どこの人？　なにしてんの？」

と、ききました。

「よしよし、何でもね。今すぐ、みんないなくなっからな。あの人たちはな、あした死なねばなんね、かわいそうな人たちよ。今夜《こんや》はああして地蔵さまにごあいさつに来たとこだよ。」

そう言われても、浜吉には何のことだかよくのみこめません。ただおっかあさんにぎっしりしがみついていました。

ふと気がつくと、あんなにいた亡者たちは、いつの間にか一人もいなくなって、あたりは何事もなかったようにしーんとしずまりかえり、地蔵さまのお姿さえよくは見えないのです。

おっかあさんは急におそろしくなり、浜吉の手を引っぱるなり、逃《に》げるようにかけ出しました。やっと家へ帰りついたおっかあさんは、待っていたおとうさんに、今見てきたふしぎな話をしましたが、おとうさんは笑って相手《あいて》にしません。

「お前たちは、狐《きつね》にでも化《ば》かされたんだべ」

と言うのです。しかたなしにその晩《ばん》はそのまま寝《ね》てしまいました。

つぎの日は朝からすばらしい上天気《じょうてんき》でした。ちょうど五月五日のご節句ではあり、その上一年中で一ばん潮《しお》がひく、大潮《おおしお》の日でもありましたので、浜は村中の人でたいへんなにぎわいでした。

浜吉のおっかあさんは、ゆうべのことが、まだ気がかりでなりませんでしたが、だれに話してみたところで、笑われるだけですし、浜吉もしきりに浜に行こう、行こうとせがむので気がすすまないままに浜に出て、海藻《かいそう》ひろいをしていました。

潮はどんどんひいて、おもしろいほどたくさん取れるのです。

ほんとうに、こんなに遠くまで潮がひいたのは何百年このかたなかったと年よりたちが話しています。それに、いつもならもう潮がさしてくる時刻になっても、どうしたことか今日はいっこうにさして来ないのです。夕方にはだれもかれも、みんな持ちきれないほどのえものを持って、にこにこ顔で家へもどりました。

ご節句のごちそうをいただきながら、今日のふしぎなえものの喜びを、語り合う楽《たの》しそうな話し声が、家々からもれてくる八時ごろです。

とつぜん、ドドーンという大きな音が、つづいて鳴《な》りひびきました。

まっくらな沖《おき》の方で、ピカッ、ピカッと、いなずまのような光りが、きらめきます。

と、それにつづいて、遠くの方から、

「つなみだあー、つなみだぞおー」

と叫ぶ声がきこえてきました。

浜吉親子は、ハッとして、転《ころ》がるように家をとび出しました。

地ひびきのような海鳴りとともに、昼間《ひるま》あんなに遠くの遠くまで、干《ひ》がたになってしまった砂浜を、山のようにもり上った大波が、岸を目がけて押《お》しよせてくるのです。

浜吉たちは、むちゅうで後の松山にかけ上りました。

天地もくずれるような物すごいひびきと共に、大波が松山にぶつかりました。

家が、木が、馬が、人が、いっしゅんの中に、大波にまきこまれ、そして沖へさらわれていきました。

太い松の根かたで、浜吉親子はしっかりとだき合ったまま、ぼうぜんとしていました。

「そうだ、ゆうべの人たちは、この人たちだったんだ……やっぱり、やっぱりほんとだったんだ……。」

おっかあさんは、そう思っていました。おとっつあんも、おっかあさんの顔を見ながら、だまって深くうなずきました。

この時のつなみで、大島では、死んだ人が六十一人、死んだ馬が六頭あったと、書きつけに残っています。

あの晩、浜吉とおっかあさんが、数えきれなかったのも、無理がなかったことです。

地蔵さまは、導き地蔵とよばれ、今でもお花や線香《せんこう》をあげる人がたえません。

原　文　宮城県気仙沼市大島小学校長　小山正平
はなし　仙台市東北大附属小学校教諭　富田博

木《き》ぼとけと金《かね》ぼとけ

〔宮城県〕

むかし、この村に長者《ちょうじゃ》の金兵衛《きんべえ》という男がおりました。

金兵衛さんの田圃《たんぼ》から
日のぼる
金兵衛さんの田圃に
日おちる

と、歌われるくらい広《ひろ》い田圃と畑とをもっていました。しかし
こう歌うのは金兵衛のいる時だけで、いつもはみんな、

金兵衛の田圃から
何のぼる

おれの爺《じい》さの
糞《くそ》のぼる
金兵衛の田圃に
何おちる
おれのからだから
肉おちる

と、歌いました。それは金兵衛はたいへん慾《よく》ばりな男で、たくさんの人をやとっていましたが、毎日ひどくこきつかってばかりいて、一回だっていたわったはなしなどきいたことはありませんでした。その上、金兵衛の田や畑はじつは、昔はみんなのものだったのが、いつのまにか金兵衛のものになってしまっていたからです。

そのおおぜいのやとい人の中に、与兵衛《よへえ》という男がいました。与兵衛は金兵衛とちがって、たいへんしんせつで、正直なはたらき者でした。

ある晩、金兵衛は、かわやからのかえり、ふと、与兵衛のへやの前で足をとめました。なにやら与兵衛が、ブツブツいっていたのです。

金兵衛が、そっとのぞきますと、与兵衛は、仏《ほとけ》きまを前において、一心におがんでおりました。

仏さまといっても、それは、雑木林《ぞうきばやし》でひろった木のこぶでした。それがたいへん仏さまににていたので、与兵衛はなくなった、おとうさんやおかあさんから、さずかったものと思い、夜ねる前にそれをおがんでいたのでした。

ようすをうかがっていた金兵衛は、また何か、もうけごとを考えついたのでしょう。ニタリとわらって、自分のへやに帰って行きました。

金兵衛の家には、昔からつたわった、りっぱな金の仏さまがありました。おがみもしないで、ただたなにかざっておいたのですが、金兵衛はそれを下すと、ほこりをはらって、ピカピカにみがいておきました。

あくる日、金兵衛は、やとい人を全部広間に集めて言いました。

「これ、与兵衛、きくところによると、お前は木のこぶなどを拾って来て、ほとけさまみたいにして、おがんでいるそうだな。」

「へえ。」

「じつは、このおれにも、先祖《せんぞ》から伝わった、黄金《こがね》づくりのほとけさまがある、そこで、お前のおがんでいる木ぼとけと、おれのこの金ぼとけを、すもうさせて見たいがどうじゃな。もし、おれの金ぼとけが勝ったら、お前には一生《いっしょう》ただで働いてもらう。又、万《まん》が一《いち》にも、お前の木ぼとけが勝ったならば、今日かぎり、おれのざいさんをそっくりお前にやろう。きあ、どうだ、いやか、さあ、さあ、返事しないか。」

与兵衛は、びっくりぎょうてん、まっさおになりました。言いだしたら後にひかない金兵衛は、やつぎばやに、返事をもとめます。

とうとう与兵衛は、

「よろしうございます」

といって、力なく立ち上がりました。

へやにもどって、たなの木ぼとけにわけを話して
「どうぞ、金ぼとけさまを負《ま》かして下さいませ」

と、手をあわせておがみました。

木ぼとけを手にした与兵衛が、しおしおと広間に入って行きますと、みんなは、気のどくそうに顔を見あわせました。

だれが考えても、黄金づくりのほとけさまと、木のこぶでは、しょうぶになりません。

金ぼとけを手にした金兵衛は、ニコニコ顔でみんなを見わたして、

「さあさあ、与兵衛、なにをぐずぐずしているのじゃ。はやくしょうぶ、しょうぶ」

と、もう勝ったつもりです。

キラキラとかがやく金ぼとけと、木のこぶの形ばかりの木ぼとけが、むかいあわされると、
金兵衛はさけびました。

「ようし、かかれ。」

与兵衛は、石のようにかたくなって、まっくらになるほど目をつむり、うなだれています。

だしぬけに、二つのほとけは手をのばし、足をぶんばってむんずとくみました。

はっとして、みんなが見まもる中に、木ぼとけがヨロヨロとしました。

「木ぼとけさま、しっかりなされ」

と、思わず、いく人かのやとい人がさけびました。木ぼとけは、やっとふみとどまって、はんたいに金ぼとけをおして行きます。

こんどは、金ぼとけが大きく右にゆれました。

「金ぼとけさま、しっかりなされ」

と、さけぶ金兵衛の声は、かすれています。

木ぼとけと金ぼとけは、はげしくもつれあって、グラグラとゆれ動きます。人びとは口ぐちに、

「木ぼとけさま、しっかりなされ」

と、さけびました。

金兵衛の声は、人びとの声にかきけされてきこえません。

与兵衛は、目をつぶったまま、じっとしてすわっています。

とうとう、何かい目かのもみあいの時、金ぼとけが大きくよろめいて、バッタリとたおれてしまいました。

金兵衛は、まっさおになってしまい、ポカンと口を開けて、負かされた金ぼとけを見つめているばかりでした。

なにしろ金兵衛がだまって、そのかわり、みんながいっしょに大喜びしたなどというのは、この村ではそれまで聞かなかったことでした。

それから後、子どもたちは遊びに出るとき、こんな歌をうたうようになりました。

木ぼとけさん
木ぼとけさん
おらえの坊《ぼう》も
つよいぞや
となりの坊も
つよいぞや
みんな　みんな
ではってこい
ひとりで
いばるやつは
金ぼとけ
みんな　みんな
ではってこい

原　文　宮城県桃生郡河南町　岩倉秋湖
はなし　仙台市仙台高校教諭　庄司直人

ちゃっくりかきふー

〔宮城県〕

むかし、ばかなむこがあった。

町に行って、茶《ちゃ》と栗《くり》と柿《かき》とふを売って来いといわれたので、大きな声で、

「ちゃっくりかきふー」

「ちゃっくりかきふー」

と、さけんであるいたが、だれも買い手がなくて、家へかえった。そして、

「お前、いったい、なんとゆうて、売ってあるいたのだ」

と、聞かれたので、

「ちゃっくりかきふー」

と、いってあるいたと話した。家ではあきれて、

「茶は茶で別別《べつべつ》にいってあるかねばならないんだよ」

と、教えてやった。

次の日、ばかむこは、町に行くと、

「茶は茶で別別」

「栗は栗で別別」

「柿は柿で別別」

「ふはふで別別」

と、さけんであるいたが、やっぱりだれも買う人はなかったとさ。

これでヨンツコ、モンツコサケタとや。（これでおしまい）

はなし　宮城県岩出山町　桜井みちよ

よその嫁《よめ》をほめなくなった話《はなし》

〔宮城県〕

むかし、あるところに、たいそう嫁《よめ》さんにこごとを言《い》うおやじさんがありました。こごとをいうといっても、それはじぶんの家の嫁さんにだけで、よその嫁さんのことは、こごとどころか、ほめすぎる位ほめるのです。ですから、その家の嫁さんにとってはかえってつらいのでした。

ある日のこと、おやじさんは、となりの家に用事《ようじ》があって出かけました。上りこんで、お茶《ちゃ》をごちそうになっていると、そこの家のおじいさんが、何を思い出したのか急《きゅう》に大きな声で、嫁さんをよびました。

「おいおい、急いですずりとふでを持ってきてくれ。」

「はい、ただいま。」

となりの家の嫁さんは、すぐ立ってすずりとふでを持ってこようとしました。ところが気がせいていたためでしょうか、あっというまにしきいにつまずいてしまいました。すずりは手からとんで火ばちにあたり、ふちがぽっかりかけてしまいました。

「ばかものめが。なんだってそそっかしいんだ。その年ではずかしいとは思わんのか。」

となり家のおじいさんが、どなりました。嫁さんは、すずりのかけらをひろい集めながら、

「かくための、ふでとすずりの、そのふちを、われがかいても、はじであるまい」

と、すぐ歌によみました。

それを見ていた、こごとやのおやじさんはさっそく家へもどりました。となりの家の嫁さんのとっさの気転《きてん》をほめあげて、家の嫁さんにこごとをいってやろうと思ったからです。家につくなり、おやじさんは、すぐ嫁さんをよびつけて、今、見てきた話をはじめました。

「えらい嫁もあったもんだ。ころんですずりをこわしても、すぐ歌を作るなんて、なかなか、並《なみ》たいていの頭《あたま》じゃない。それにくらべたならお前なんぞ、てんで足もとにもおよばないな。」

——また、おやじさんのこごとぐせが始《はじま》った——そう思って嫁さんはじっとだまってしんぼうしていました。

「どうだな。お前もたまには、歌ぐらいよんでみては……ふっふっふっ……。」

嫁さんは、だまって立ち上ると、まっすぐに戸口《とぐち》の所に行きました。

——おや、なにをはじめるつもりかな——

ふしぎそうな顔つきで見ているおやじさんに、おしりを向けた嫁さんは、ポリポリポリと、おしりをかき始めました。

おやじさんはあきれました。

「なにをするんだッ、だからお前は、ばかだっていうんだッ。」

すると、嫁さんは、くるりとおやじさんの方に向きなおってうたいました。

「かくための、五本の指《ゆび》で、わがしりを、かいたとしても、はじであるまい。」

おやじさんは、ぐっとつまってしまい、とくいのこごとも、とっさには出てきませんでした。

それからというものはさすがのこごとやのおやじさんも、ぷっつりこごとを言わなくなり、よその嫁さんをほめることもしなくなったということです。

原　文　宮城県柴田郡槻木町　平間藤吉
はなし　仙台市東北大附属小学校教諭　富田博

炭《すみ》やき吉次《きちじ》

〔宮城県〕

むかし、奈良《なら》のみやこに、一人の公卿《くげ》がすんでいました。その公卿の所には、ふじえというむすめが働いていました。

公卿は身分《みぶん》の高いのを鼻にかけて、目下のものにはいばりちらし、びんぼうの人や、困《こま》っている人には、なさけをかけるどころか、かえって、むごいしうちばかりしていました。心のやさしいふじえは、こうしたことを、いつも悲しく思い、心を痛めていました。

公卿の家の前に、一人のおばあさんが住《す》んでいました。さだまった仕事もなく、その日その日をやっと暮していました。

おさない時、おとうさんとおかあさんとをなくしたふじえは、このおばあさんを、しんせつにおせわして、何かと、めんどうをみてあげておりました。

ある日、おばあさんは、自分の庭《にわ》に作ったカボチャをにて持って来ました。ふじえはよろこんで、ご主人にも食べさせようと思い、カボチャを入れたはちをもっていきました。ところが、公卿はそれを見るなり、

「そんなものが、わしの口にあうと思うか、すててしまえ、見るもけがらわしい」

とあらあらしくいうのです。

　ふじえはおそろしいのと、悲しいのとで、すわったまま泣きだしてしまいました。その夜のこと、ふじえは夢《ゆめ》を見ました。ふじえの前に、なくなったおかあさんが現われて、

「むすめや、お前はこの主人の所にいっしょにいたのでは、とてもしあわせになれません。一生泣いてくらさなければなりません。ここからずっと遠くの、みちのくの山に、炭焼《すみや》きをしている吉次というものがいます。お前は、そこにいってくらしなさい。吉次はきっと、お前によくしてくれますから……」

といってすがたをけしました。

　ふじえは、家を出ることにきめました。すこしばかりの着物を、にもつにまとめて、遠いみちのくをさして、旅に出ました。

　何年かたって、ふじえは、みちのくの山の中に、吉次をさがしあてることができ、いっしょにくらすことになりました。

　吉次は、山の中で、いっしょうけんめいになって炭を焼き、出来た炭を里《さと》に持って行って、米や、みそと取換《とりか》えてくるのでした。

　そのうちに、二人の間に、かわいい子どもが生れました。吉次は、子どもの着物と取換える

ために、炭をせおいました。ふじえはそれを見ると、

「ものをもとめるのに、炭をせおっていくことはありません。これは、こばんといって、物を買う時に使うものです。始めて生れた子どもの物を買うのですから、これを持って、身がるに行ってください」

と、こばんを二枚わたしました。吉次は、便利《べんり》なものもあるものだ、と思ってふところに入れ、里へ出かけました。

途中《とちゅう》、大きい沼《ぬま》にさしかかると、カモが二羽泳《およ》いでいます。石投げの上手な吉次は、今までに、カモをみつけてにがしたことがありません。いつも石を投げてたおし、いろいろの物と、取換えているのです。吉次は、あたりを見まわしましたが、あいにく石ころ一つありません。なにげなく、ふところをさぐると、さっきのこばんにさわりました。吉次は、こばんの便利なこともわすれて、それをとり出すと、「やっ」とばかり、なげつけました。つづいてもう一枚、二羽のカモは、わけなくつかまりました。里についた吉次は、わずかばかりの物を、そのカモととりかえ、山に急《いそ》ぎました。

待っていたふじえは、品物の少いのにおどろいて、

「二枚のこばんで、たったこれだけですか」

と、たずねました。吉次が、カモをとったことを話しました。ふじえは、それを聞くと、

「あなたは、山にばかりくらしているからといって、こばんのねうちもわからないのですか」

と、うらめしそうにいいました。すると吉次は、

「あれが、そんなにねうちのあるものなら、おれは長者だ、東の山はこがね色、西の山は、しろがねだ、さあいこう」

と、あっけにとられているふじえの手をとると、自分の炭やき小屋に急ぎました。いってみると、かまのねつで、木も草もなくなっていて、まわりの地面《ぢめん》に、金が顔《かお》を出しているではありませんか。

吉次の持ち山は金山だったのです。二人は急に長者になりました。

二人がすんでいた山の中は、遠田《とおだ》郡《ぐん》涌谷町《わくやまち》だったということです。

はなし　宮城県牡鹿町網長小学校　高田謙二

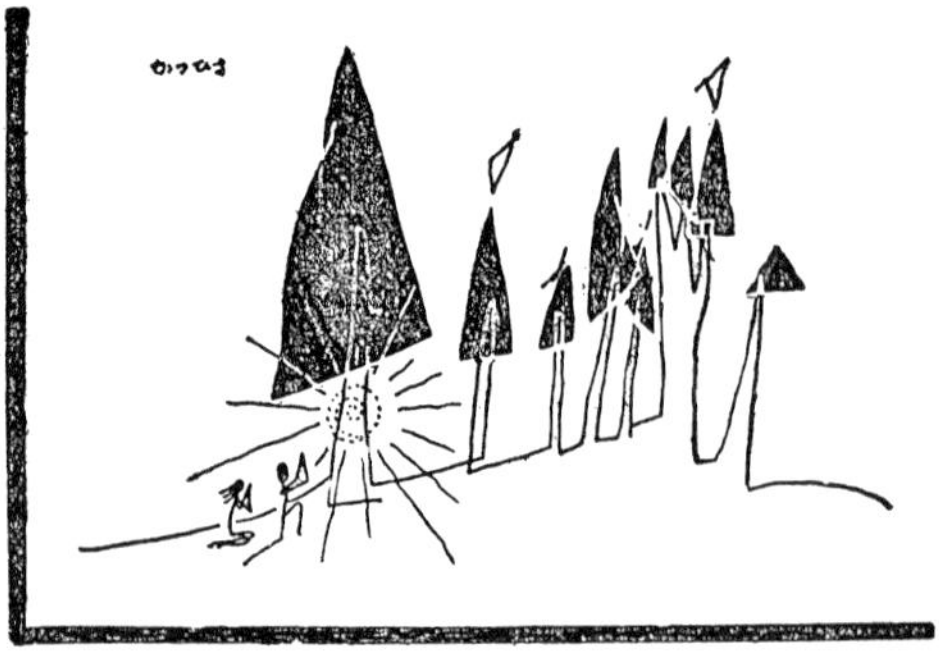

子持杉《こもちすぎ》

〔宮城県〕

山にかこまれた宮城県《みやぎけん》のある村に、兵吾《ひょうご》というお百姓さんがすんでいました。おかみさんはおしんといい、二人はとても仲《なか》がよくて、いっしょうけんめいに働きました。田畑《たはた》の仕事は、いつも二人そろって楽しそうでした。

ところがこの二人には、どうしたことか子どもがありませんでした。兵吾とおしんは、たった一人でいいから子どもがほしいものだと、いつも願っていました。

子どもがいないためなのでしょうか。兵吾は、近所の子どもを集《あつ》めて、いっしょにあそんでやることがとても好きでした。子どもたちもまた、やさしい兵吾をしたってあそびにきました。

子どもたちが柿《かき》の木にのぼって、すずなりになった柿の実《み》をもぎとってほおばる姿《すがた》を、兵吾はえんがわでうれしそうにながめるのでした。しかし、ねぐらにカラスがかえるころ、この子どもたちもめいめい自分の家へ帰ってしまった後は、兵吾は一人えんがわに腰《こし》をおろして、なんともいえないかなしい気持になるのでした。

ある秋の夜のことです。

兵吾とおしんは、いろり火に赤々と顔をそめながら、さっきからむかいあったままだまっていました。しずかな夜です。虫の鳴《な》く音がさびしく聞《きこ》えてきます。とつぜん、兵吾は、

「おしんや、いっそのこと、どこからか子どもを一人もらうことにするべか――」

と、決心《けっしん》したようにこういって、おしんの顔を見ました。

「でもなあ、どこの家だって子どもはかわいいもんだよ。お願いしますって頭をさげても、そうやすやすともらえるもんじゃなし。」

おしんは目に涙をためて首をたれました。

「それはもっともな話だ。しかし、じかにあたってみなけりゃわかるまい。おまえさえよければ、あしたにでも寺池《てらいけ》さ行って、さがしてみるとするべ。」

夜、おそくまで話しあって、兵吾とおしんは、あした、寺池の城下町《じょうかまち》へ出ることに、そうだんがまとまりました。

あくる朝早く、二人は旅仕度《たびじたく》で家を出ました。「どうか子どもがさずかりますように」と心の中でいのりながら。

ほそい山道《やまみち》を二里も三里も歩きつづけました。日が上るころ、やっと城下町に着きました。

町はにぎやかでした。武士《ぶし》や町人《ちょうにん》がいききする中を、兵吾とおしんはあてもなく歩きまわりました。

日暮《ぐ》れ近くまで足を棒《ぼう》にして歩いた二人は、この日はとうとうあきらめてかえることにしました。

日が西の山にかたむきました。かえり道は二人にとってとてもつかれて苦しいことでした。

「どうせこの分じゃ夜になってしまうべ。ここでしばらく休んでいくとするか。」

杉の大木《たいぼく》が立ちならぶ根元《ねもと》に腰をおろして、二人はあせをぬぐい、大きなため息《いき》をつくのでした。

ふと、おしんは、自分が腰をおろした杉の木の根を見て、思わずおどろきました。

「ほら、おまえさん、これを見さえん！」

それは、一本の大木の根がつづいて、その根からつぎつぎに六本の子ども杉が、生えているのでした。太く高い親杉《おや》と、六本の子杉なのです。なんというふしぎなことでしょう。

「杉の木でさえも子どもを持つのに……。」

そうつぶやくと、兵吾とおしんは、太い親杉にすがりついて、

「どうぞ、どうぞ、わたしどもにも子どもをおさずけくださいまし」

と、ふるえる声で一心におたのみしました。

そのねがいが天に通《つう》じたのでしょうか、幾月《いくつき》かたって、おしんはめでたく男の子を生《う》みまし

た。二人の喜びは天にものぼるほどでした。近所の子どもたちも、大よろこびで毎日その赤ちゃんを見にやって来ました。

二人はあの杉の木に、深《ふか》く深く感謝《かんしゃ》し、神様《かみさま》の木としてうやまって、すぐそばに観音様《かんのん》をまつりました。この話が村から町に言い伝えられると、いつの間にかこの杉は「子持杉《こもちすぎ》」という名がつきました。子どものほしい人がはるばるやって来ては、観音様におねがいをすることが多くなりました。

それからおよそ四百年、子持杉は今でも空高く神神《こうごう》しいすがたをそびえたたせているのです。

原　文　宮城県登米町　吉田正治
はなし　仙台市東北大附属小学校教諭　富田博

猫《ねこ》の恩《おん》がえし

〔宮城県〕

むかし貧乏《びんぼう》なお寺がありました。和尚《おしょう》さんと年とった猫《ねこ》がいるだけです。ちかごろだれもお葬式《そうしき》や法事《ほうじ》をたのみにこないので、すっかりこまっていました。売れるものはみんな売ってしまって、もうなんにもありません。食べる物を手に入れようがないのです。

和尚さんは、今までずっとかわいがっていたトラをよんで、

「トラや、もうお前に食べさせるものがなくなってしまった。別れたくはないが、どこか、食べ物のあるところに行って、しあわせにくらしてくれ」

といってきかせました。するとトラは、

「和尚さん、私は和尚さんのそばをはなれたくありません」

といいます。

「だって、ここにいては、食べるものもないんだよ」

と和尚さんがもう一度いいましたが、トラは、

「私によい考えがありますから、しばらく待《ま》って下さい」

といって、はなれようともしません。

そうしているうち、ある日のこと、お寺の前をりっぱなおかごのお葬式《そうしき》の行列《ぎょうれつ》が通りかかりました。よそのお寺に行くのです。

「ああ、うちのお寺でこんなお葬式をしたら、どんなにたすかるだろうなあ」

と思いながら、和尚さんはさびしくながめていました。

その時です。トラがニャーンとないて、和尚さんにいいました。

「和尚さん、見ていて下さい、私がいまにあのおかごを、空《そら》の上にひっぱり上げます。そしたら和尚さんがきて、下から私の名を三べんよんで下さい。」

そしてトラは、どこかに飛んでいってしまいました。

りっぱな行列は、よそのお寺につきました。お客殿《きゃくでん》の前においたかごを真《ま》中《ん》に、おとむらいの人たちが、輪になって、三べんまわりはじめます。

すると、まん中のおかごが、ひとりですうっとお空に上ってゆきます。まるで、空の上から何かがひっぱりあげているようです。

あれ、あれ、とおどろいて見上げている人たちをばかにしたように、おかごは空の中にとまっています。

さあたいへん。どうしたらよいのか。町《まち》じゅうの坊《ぼう》さんをみんなあつめて、お経《きょう》をよんだり、おまじないをとなえたりしてみても、おかごは下りてきそうにもありません。貧乏なお寺の和尚さんもよばれてきていました。和尚さんは、トラの言ったことを思いだしました。

みんなの前に進み出て、空のおかごを見上げながら、

「南無《なむ》トラさんのトラやあやあ、南無トラさんのトラやあやあ、南無トラさんのトラやあやあ」

と三べんトラの名をよびあげます。

するとどうでしょう。おかごが、しずかにおりてきて、もとのところにおさまったのです。みんなは、和尚さんのふしぎな力に、すっかり感心《かんしん》してしまいました。よっぽどえらい和尚さんでなければ、こんなことはできないはずです。

それからというもの、お葬式も法事も、あとからあとからと、和尚さんのお寺にたのむようになったのも、あたりまえでした。和尚さんは、もう貧乏ではなくなりました。

そして、助けてくれたトラが、いつかえってくるか、と毎日待っていました。けれども、どこに行ってしまったのか、トラはいつまでもかえってきませんでした。

原　文　宮城県白石市　上西周次
はなし　宮城県名取高校教諭　浜田隼雄

嘉右衛門山《かえもんやま》の神《かみ》

〔宮城県〕

むかし、白石《しろいし》の中の目に嘉右衛門《かえもん》という状持《じょうも》ちがいました。状持ちというのは郵便屋《ゆうびんや》さんのように、人々から手紙やお金やにもつなどをたのまれては、米沢《よねざわ》や山形《やまがた》などへとどけてくれる仕事をする人です。嘉右衛門はたいへん正直で、まじめな男で、一生懸命《いっしょうけんめい》仕事にはげみましたので、みんなから「かえもん、かえもん」といわれ、沢山《たくさん》仕事をたのまれて歩きまわるのでした。

白石から小原温泉へ行く新道《しんどう》がまだできない時代には、高さ五百米もある小原山の峠《とうげ》をこして、けわしい山道をW字形にのぼったり、下ったりしておうふくしました。馬や牛につける荷物も、ここをこす時には、森合《もりあい》の山の下で半分おろして二度に運びました。あまり重い荷物は、この峠よりもっとゆるやかな鎌先《かまさき》温泉のそばの道を川原子《かわらご》を通って行きました。荷物をつけた七匹も八匹もの牛を、一人の牛方《うしかた》がぞろぞろとつれて行くのでした。

嘉右衛門は、紺《こん》の手甲《てこう》きゃはんに、わらじをはき、着物のすそを後の帯《おび》の間へはさんだ身軽《みがる》な姿に、小さい荷物を二つにして手拭《てぬぐい》でくくりあわせ、それをかたから前と後にわけてかけて歩くのでした。近い所や、急な用事をたのまれれば一日に二度行くことさえありましたし、夜道を行くこともめずらしくはありません。

山道を通る時、あやしい男によびとめられたり、金を出せとおどかされることもありました。おいはぎが出るといううわさがある時は、特別に気をつけて通りました。出来るだけ仲間《なかま》といっしょに歩くようにしていましたが、それでも仕事の都合《つごう》で、どうしても夜の峠道《とうげみち》を一人で、とぼとぼ帰らなければならないこともありました。

一人で通るある夜の事でした。お月さまが出ていて、ちょうちんをつけないで歩ける夜でした。遠くまでよく見通すことができて、白石川や齊川《さい》の流れが、はるか下の方に白く光って見え、遠くの山山まではっきり見え、その山すそには、うすいもやがたなびいていました。毎日見なれている景色《けしき》でも、今夜はまた、とてもすばらしくよく見えます。

もうこれを下ればすぐだと、足をゆるめて、いつも休む大木の根へ腰《こし》をかけて休みました。この木は、ほうきを逆《さか》さまに立てたように、下の方は一本で、途中《とちゅう》から五、六本の枝が出ているのです。天狗《てんぐ》さまが来て休む木だといいます。その天狗さまは、ここで休んだ人に、よくいたずらをするのです。どっこいしょと立上って行くと草刈《くさかり》がまを忘れたり、大切なにぎり飯《めし》を忘れたりして、あわててもどって来るのです。子どもたちもおおぜいで来て、今日は忘れないぞ、とみんな、にぎり飯を腰にしばりつけたり、かまをおびにはさんだりして、わいわいさわぎながら、木の枝に腰をかけて遊んだり、木の上でおにごっこをしたりして行くこともあり

ます。だいじょうぶと思って帰ると、ひるがえ
「あれゃ、おれの手拭忘れて来た」
と又、みんなでもどってみると、木の枝の上の方にひらひらと手拭が風にふかれて、ひるがえっていたりするのでした。

子どものころ、「天狗さまにばかにさったや」などと、大笑《おおわら》いして通ったが「あの時はイチャンととなりのデゴスケとテンケチャンとショッケチャンだったったけなあ」と嘉右衛門は子どもの頃を思い出しながら、わらじのひもをゆわえなおして、どれどれと立上って、ちりをはらって出かけましたが、「あれッ手拭を忘れたわい」と少し行って気がつきました。

「ああ天狗さまは、まだござったのか。またいたずらされてしまったなあ」
と一人で、おかしくなって、くすくす笑いながら、手拭をとりにもどりました。

草が、すれる音は自分の足音と思いながら、歩いて行くうちに、思わず、ギョッと身体が先にこわばって、ぞくぞくっとしました。へんだぞと考える方が後だったのです。「あれッ、あの物音はなに」と思う間もなく「そうだ、おおかみだ、あのおおかみだッ」とわかると、頭から水をかぶったより、もっと、ぞくぞくっとしました。

きのう、誰かが、村の茶屋《ちゃや》で話をしていたのを聞いたっけ。

「何でも病《や》め犬だとか、おおかみだとか、少し声までかわって、気があらくなって、昼間《ひるま》でも出て来て人に姿を見せるし、かみつくそうな。道のそばの岩の上に前足を二本そろえて、とが

った耳をピッと立てて、耳までさけている口を、かっと開いて、お日さまにかみつくようなかっこうで、ほえていたそうな。悲しそうな声で、ほえていたそうな」

とも話していたっけ。さあこまったことになったぞ。おれも食われてしまうぞ。逃げたって、おおかみは早いからなあ、それにこの坂道《さかみち》だ。石こうに足をすべらせたら、それこそたいへんだ。板をたてかけたような急ながけだもの、谷底《たにぞこ》へたたきおちてそれっきりだ。

おれの命《いのち》はもうないもんとあきらめるよりしかたがなかろうな。おれが死んだら、年とったおとっつあんと、おっかあさんが何ぼか、こまるべ。ああそうだ。この手紙、どうしたらよかろう。何でも丸サの店のだんなさまさ、のませる大事《だいじ》な薬が入っているといわれて来たのに。これがとどかなければ、丸サのだんなさまの命があぶないそうだ。おらは、おおかみに食われてしまってもしかたがないが、この約束をとどけられなければ大変だ。すまないことだと、頭の中には一度に、いろいろな事がうかんで来ました。

岩かげをひょいと曲ったとたんに、

「出たッ」

と、さけび声を出しかけて、そのまま、棒《ぼう》のようにつっ立ってしまいました。そこにいたのです。おおかみが、ちゃんと道の真中に、二本の前足をきちんとそろえて、こっちをむいて、すわっているのです。嘉右衛門が来るのを、ちゃんと知っているように、眼は、はっきりと嘉右衛門を見ているではありませんか。嘉右衛門は、進むことも出来ません。引返《ひきか》えしたら、後から、がっとかみつかれるにきまっています。「もう、だめだ」と思いました。眼をつぶって、思わず神さまにいのりました。もうだめだと思って、眼をあきました。でもおおかみは、とびつくようでもありません。がっ、と大きな口をあけて一声悲しそうにほえました。前足を上げて口のそぱを引っかくようにしているのです。何か嘉右衛門に、うったえるような、こまったような、ようすです。口をひっかくようにするのは、ひょっとすると何か、のどにひっかかっているのではないかと思われました。どうも、そうらしいと思うと、今度はおそろしいのも忘れて、持ちまえのしんせつな心から思わず、つつつっとおおかみのそばへよって行きました。それでもおおかみは、じっとしているではありませんか。

月明かりに口を開いたところをみてやりました。手をあごにかけても、嘉右衛門のするままになっています。嘉右衛門は、となりの犬にでもするように口を開《ひら》かせ、思いきって手をおおかみの、のどのおくまでつっこんで、指《ゆび》でさぐってみると、かたい骨《ほね》のようなものにさわりました。それを指先でしずかに、しっかりつかんで、ぐいと力を入れてぬきました。

おおかみは苦しがって、げえげえいっていましたが、手をはなすと、一声高くうれしそうにほえて、あっという間に岩をとびこえ、草むらの中へ姿をけしてしまいました。

それから後の事です。嘉右衛門が夜おそく一人で帰る時や、おいはぎが出て、街道《かいどう》があぶないといううわさのある時や、大金《たいきん》を持って通ったりする時は、どこからともなく、ひょっこり、おおかみが姿をあらわして、嘉右衛門の後になったり、先に立ったりして、ついてくるようになりました。そのために一度もあぶない目にあうことはありませんでしたから、嘉右衛門にたのめばだいじょうぶだ、と町の人々はすっかり嘉右衛門を信用《しんよう》しました。それで、ますます仕事は、はんじょうするばかりでした。

嘉右衛門は、これもみな、あのおおかみが自分を守ってくれるからだと思いました。おおかみは山の神のお使いだから、きっとこれは山の神が自分を守って下さるのだと信じました。そしてこの山をおうふくするおおぜいの旅人《たびびと》を守って下さるようにと、石屋にたのんで、石のほこらを一つ作ってもらい、それを背負《せお》って山の上の見晴《みは》らしのよい所へ、おまつりしました。

嘉右衛門山の神、という山の神さまが、今なお白石市中の目の西の山頂《さんちょう》にまつってあり、この話を伝えています。

はなし　白石市　片倉信光

天探女《あまのじゃく》のいたずら

〔宮城県〕

宮城県の伊具郡角田町西根《いぐぐんかくだまちにしね》に、国宝《こくほう》になっている有名《ゆうめい》な弥陀堂《みだどう》があります。

この弥陀堂は、弘法大師のおたのみによって飛弾《ひだ》（今の岐阜《ぎふ》県）の名匠甚五郎《めいしょうじんごろう》が、三日三晩のお約束でたてられた御堂《おどう》だといわれています。大きな御堂を三日三晩でたてるのですから、それはそれは、大変な仕事でした。

しかし、弘法大師のお力があります上に、日本一の名匠《めいしょう》甚五郎が建設《けんせつ》にあたっていますものですから、一度斧《おの》をあてて木羽《こっぱ》が出ると、その木羽の一枚一枚が小大工一人ずつになって、甚五郎のさしずの下に息もつかずはたらく見事《みごと》さでした。

仕事はどんどんはかどり、お約束の三日目になりました。

いよいよ今夜の十二時までには、落成《らくせい》させなければならないというので、幾《いく》百千の大工さんたちのはたらくようすは、ちょうどまわる水車のようでした。

御堂も後わずかで出来あがろうとしていました。甚五郎は今の時刻《じこく》は多分四つ半頃（午後十一時）と思っていました。

ところが、コケコッコウと子《ね》の刻《こく》を知らせる鶏が鳴き出しました。

さあ大変、約束の時間までに出来上らなければ、弘法様にもうしわけないというので、さすが日本一の名匠甚五郎も、大変あわててしまい、四方の垂木《たるき》を間違えてみじかく切ってしまいました。

そのために後になって、弥陀堂をしゅうぜんする度ごとに、どのように工夫《くふう》しても、必らず垂木がみじかくしか出来なかったといわれています。

ところが、この鶏は本当の鶏でなく、天探女《あまのじゃく》のいたずらであったそうです。

天探女というのは人のことばにさからい、人のじゃまになることばかりしている小さな鬼で、この地方では天邪鬼《あまのじゃく》がかわって天探女となり、田や畑に雑草《ざっそう》のたねをまくのも、この天探女だといわれています。

はなし　宮城県伊具郡角田町　佐藤清晴

海ぼうずの話

〔宮城県〕

網地島《あじしま》は、牡鹿《おしか》町鮎川《あゆかわ》にあって、昔、つみをおかした人が、島ながしにされたところです。この島には、多くの言い伝えが残っていますが、「海ぼうずの話」も、その中の一つです。

この島には、りゅうじん様がまつってありました。部落の人たちは、漁《りょう》に出る前の日、りゅうじん様にお魚をそなえて、どうか大漁《たいりょう》でありますように、と、おいのりするのでした。

ところが、この部落に甚兵衛《じんべえ》という男がいて、村人がりゅうじん様にそなえた魚を、こっそりぬすんできては、食べていました。

ある日、甚兵衛はいつものように、魚をぬすみに出かけました。あたりに人がいないのを見ると、甚兵衛は、そっと、りゅうじん様の前に進みました。そこには、大きな魚が一ぴき、あすの大漁を祈《いの》って、そなえてあります。甚兵衛は、すばやくそれをふところに入れて、

「しめしめ、今日もうまくいったぞ。早く帰って、一ぱい飲むとしようか」

と、つぶやきながら、家に帰って、お酒《さけ》を飲みはじめました。

さて、酒もなくなるころから、甚兵衛はねむくなってきて、トロトロとしました。外は、いつのまにやら、あらしになってきたようです。

「こんばんは。」「こんばんは。」

外で誰やらよぶ声がします。甚兵衛は、ねむい目をこすって戸をあけました。ところが、誰もいません。「おや」と思って一足外にふみ出しました。

とたんに、ぬらりとした手が、甚兵衛のうでをつかみました。

「やい、甚兵衛。おれは海ぼうずだ。お前はいつも、りゅうじん様の魚をとっていくが、あれはこのおれのものだ。おれの魚をとったかわり、今日はお前を食べてしまうから、海に来い。」

海ぼうずは甚兵衛をひっぱります。体が真黒で、顔《かお》はとてつもなく大きく、全体がのっぺりした海ぼうずのすがたを見て、甚兵衛は気を失いかけましたが、気をとりなおして、柱《はしら》にしがみつきました。

「うむ、おれが悪かった。かんべんしてくれ、これからはけっしてとらないから、かんべんしてくれ。」

ひっしにあやまりましたが、海ぼうずは、

「いや、だめだ、お前に魚をとられて、おれは、ずーっと何も食べていない。はらがへって、今お前を食べなければ、死にそうだ。」

甚兵衛は今手をはなせば食われてしまう、と思い、力一ぱい、柱にしがみつきました。海ぼうずの力は、ものすごいものでしたが、若い時海できたえた甚兵衛も、大《たい》したものでした。

「うーむ、出てこないな。残念《ざんねん》だが、はらがへって力が出ない。お前をひき出せないかわりに、馬をもって行くぞ。」

こういうと、海ぼうずは手をはなして、どこかへ行ってしまいました。

甚兵衛は、そのまま気を失ってしまいましたが、耳の底《そこ》に、馬のなき声が、かすかに聞えたようでした。

はっと気づいた時は、もう朝になっていました。

ゆうべの海ぼうずのことばを思い出して、あわてて馬小屋に行って見た甚兵衛は、思わず「あっ」と立ちすくんでしまいました。まし《（せ）》棒《ぼう》はへし折《お》られ、かいばおけはひっくりかえり、だいじな馬はおりません。

とぎれとぎれに続く足あとを追いながら、ついに海べに立った甚兵衛は、そこの岩の上に、はっきりとのこる、馬の足あとを見ました。

甚兵衛の馬は、かたい岩もへこんでしまうほど、がんばったけれども、力の強い海ぼうずは、とうとう、海にひっぱりこんでしまったのです。

はなし　宮城県牡鹿町網長小学校　高田謙二

ふくしま

正月門松

（手まり唄）　稲瀬地方

採譜　武田忠一郎

正月門松

正月門松《かどまつ》
二月は初午《はつうま》
三月ひな様《さま》
四月はお釈迦《しゃか》で
五月はおのぼり
六月天王《てんのう》
七月七夕《たなばた》
八月八朔《はっさく》
九月は菊《きく》月
十月恵比寿講《えびすこう》
招《よ》ばれて行ったら
鯛《たい》の吸物《すいもの》　小鯛の浜焼《はまや》き
一杯《ぱい》吸《す》いましょう　ツアツア
二杯吸いましょう　ツアツア
三杯吸いましょう　ツアツア

四杯吸いましょう　ツアツア
五杯吸いましょう　ツアツア
六杯吸いましょう　ツアツア
七杯吸いましょう　ツアツア
八杯吸いましょう　ツアツア
九杯吸いましょう　ツアツア
十杯目には　名主《なぬし》の権兵衛《ごんべえ》様
おさかなないとて　お腹立《はらだ》ち
はてな　はてな　はてな
先《ま》ず先ず一貫貸《いっかんか》しました

コーモリになったノネズミ

〔福島県〕

お山のおくの、そのまたおくに、深い深い森がありました。その森のまん中には、原っぱがあって、小さな川がちょろちょろと流れていました。

そこは、八丁《はっちょう》河原《がわら》という所です。

そこには、イタチや、リスや、ノネズミや、ウサギなどがいました。トビや、モズやヤマバトもいました。そして、みんななかよくくらしていたのです。

ポカポカとあたたかい春の日です。

大きいあわのほをかついだイタチが、森の中をやって来ます。

それを見て、木の上のリスが、声をかけました。

「イタチさん、イタチさん、ずいぶん大きなあわのほですね。」

イタチは、ニコニコしながら、

「大きいでしょう。これは、ずっとむこうの村の畑から、ひろって来たのです。これから畑を作ってまくのですよ。秋には、あわもちをどっさりついて、ごちそうしますよ」

とこたえました。

イタチは、日あたりのよい原っぱの上をていねいにほりおこして、あわのたねをまき、毎日、毎日、朝からばんまで、よく見まわりました。やがてめを出したあわは、葉を出し、くきをのばして、どんどん大きくなりました。

暑《あつ》い暑い夏もおしまいになるころ、イタチのあわ畑には、金色のあわのほが、ふさふさと風にゆれています。

おいしいあわもちをついて食べられるのも、もうすぐだと思うと、イタチは、うれしくてうれしくてたまりません。ジッとしていられなくなって、畑のまわりを、とんだり、はねたりして、おどりまわりました。

ところが、いよいよあした、天気がよければ、ほをかりとろうと思っていると、急《いそ》ぎの使いが来て、王《おう》さまの所へ行かなければならなくなりました。畑のことが心配《しんぱい》でたまりませんでしたが、王さまの命令《めいれい》をことわるわけにはいきません。それで、大急ぎで行って、用をすませるとすぐに、飛《と》ぶようにして帰って来ました。

さて、どうなったかと心配しながら、畑に行って見ますと、どうしたことでしょう。

畑は、すっかりあらされて、あんなに見事だったあわのほが、一本ものこってません。イタチは、すっかり悲《かな》しくなってしまいました。そこへ、トビがピーヒョロロと飛んで来ました。

「トビさん、トビさん、私のあわがどうなったかしりませんか。」

「そんなものはしらないよ。」

トビは、またピーヒョロロと鳴《な》きながら、飛んでいってしまいました。

モズにきいても、ヤマバトにきいても、

「ちっとも、しりませんでしたね」

と、こたえるばかりです。

ウサギも、リスも、大へん気《き》の毒《どく》がって、なぐさめてくれましたが、あわのゆくえは、だれもしりません。

おしまいに、意地悪《いぢわる》のノネズミの所へ行きました。

「ノネズミさん、私のあわをしりませんか。」

「そんなもの、しるもんか、私は、番人《ばんにん》ではないよ。」

ノネズミがそうこたえた時、あなから顔を出した子ネズミが、

「おかあさん、あわもち、もっとおくれよ」

と、いいました。おやネズミは、あわてて、子ネズミをしかると、あなの中にかくれてしまいました。あわをぬすんだのは、このノネズミでした。

イタチは、なんとかして、しかえしをしてやろうと思いましたが、ノネズミは、それっきり、

なん日たってもあなから出て来ません。

しかたがないので、イタチの王さまにこのことを話し、ノネズミをばっしてくださいと、たのみました。すると、王さまは、

「それは、けしからん。なかまが働《はたら》いて作ったものをぬすむようなものは、ゆるしてはおけない」

と、大へんおこりました。そして、

「神さま、どうか、悪いノネズミをこらしめてください」

と、いのりました。

すると、その時、あなの中であわを食べていたノネズミが、急にころげまわって、苦《くる》しんだかと思うと、たちまちにしっぽがなくなり、わきの下から、うすいはねが生えて、コーモリになってしまいました。

「畑のものをあらすと、コーモリになるぞ。」

福島県会津地方《ふくしまけんあいづちほう》では、今でも、山おくのじいさんやばあさんは、子どもたちにこういって聞かせるのだそうです。

はなし　仙台市　武山史郎

三つの願《ねが》い

〔福島県〕

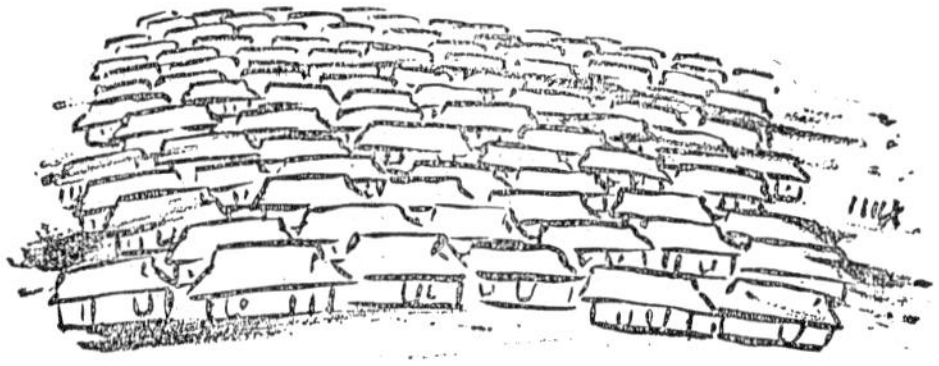

むかしある村に、村で一番貧乏《びんぼう》だが、とても親切《しんせつ》な家と、村一番の金持だが、欲《よく》ばりな上にいつもけんかばかりしている長者《ちょうじゃ》の家とがありました。

ある日の夕方、一人の旅の坊《ぼう》さんが長者の家に行って、一晩《ばん》とめてもらいたいとたのんだが、家《うち》ではよその人をとめないことにしているとことわられ、そのうえ長者の妻《つま》から、

「そんなきたないかっこうして、さっさと行ってしまえ」

とひしゃくで水までかけられて追いはらわれました。

坊さんは、次《つぎ》に村はずれの、貧乏な水車小屋の家へ行ってたのんでみると、親切なそこの人たちは、

「なんにもありませんが、さああがってください」

と、すぐむかえ入れ、どんどん火をおこしてぬれていた着物をかわかしてくれるのでした。

よく朝早く、旅の坊さんはもてなしを感謝《かんしゃ》して、お礼に、のぞみのことがなんでもかなえられる、三つの願《ねが》いを貧乏な家の夫婦《ふうふ》にあたえて、立ち去りました。

そのおかげで、二人はいつまでもじょうぶでいられるようにという第一の願い、村にさいなんもなくみんな平和にくらせるようにという第二の願い、それからお金に不自由《ふじゆう》しないようにという、第三の願いまで次々とかなってだんだんゆうふくになって参りました。村の人たちは水車小屋の人たちが、人がらがいいから幸福《こうふく》になり、村のことまで心がけて、しあわせをあたえてくださったとますます評判《ひょうばん》になりました。

この話をきいた欲深な長者は、うらやましくてならず、わざわざ人をたのんで坊さんをさがしてもらい、いそいでつれて来て、前とはうってかわって沢山のごちそうをして、やっと三つの願いをもらうことが出来ました。

旅の坊さんがでかけてから、長者夫婦は、いよいよ願いごとをかなえていただくことになりましたが、これがまたたいへんです。まず、長者の方がわれさきに、

「おれは家を百軒《けん》ほしい」

と、いいますと、ずらっと百軒の家がならびました。

長者の妻は、

「なんです、自分ばかりいって」

と、ぶりぶりおこりながら、すぐ自分も、

「私には美しい着物百枚《まい》」

と、いいますと、きれいな着物がすぐに百枚さずかりました。二つの願いがかなえられましたが、もう一つ残っています。

長者がおれがお願いをしよう、というと、妻は妻で、私が、私がというし、おたがいにうばいあいをはじめました。いつもけんかばかりしているなかですから、おれのだ、いや私のだといいあっているうちに、長者が、

「おめえみてえなおたふくやろは、角《つの》でも生えればよいわ」

と、妻に悪口をいうと、たちまち妻の頭に大きな角がニウッと生えました。

さあ、たいへん、妻はおこったり、泣いたりして死んでしまうと大声で泣きわめくのです。長者もただおろおろして、どうしていいかわからなくなっているところへ、あのお坊さんがあらわれて、もう一つの願いをくれました。

長者はほっとして、ひやあせをふきふき、

「もう何もいらぬから、ただ角をなくしてもらいたい」

と、いった。

すると角も消《き》えてなくなったが、同時《どうじ》に家も着物もそのほか何もかもすっからかんになくな

って、このうえない、貧乏になってしまったということです。

はなし　福島県相馬市相馬高校教諭　岩崎敏夫

欠椀三郎《かけわんさぶろう》

〔福島県〕

むかし、太郎、次郎、三郎という三人の兄弟がありました。三人はおたがいに、お父さまをお喜《よろこ》ばせするような、りっぱな人になろうではないかと、三年間というもの、なつかしいわが家をはなれて、めいめい思うところの、仕事の修業《しゅぎょう》をいたしました。

三人はいずれもおこたらず仕事に精《せい》を出しましたから、三年目には、三人とも、もう、りっぱなその道の達人《たつじん》とうやまわれるほどになりましたので、みな、とくとくとしてわが家へ帰ってくることになりました。まず、長男の太郎が、もどって来ました。

「おとうさま、ただいま、もどりました。お喜びください。わたくしは日本一の烏《え》帽《ぼ》子《し》折《おり》になって帰ってまいりました。わたくしのおり上げる烏帽子は、どんな人の頭にもちゃんとしっくり合う烏帽子です。武家《ぶけ》なら武家の烏帽子、職人《しょくにん》なら職人の烏帽子、どれでも、これでも、ちゃんとお望みどおりのものが、直《ただ》ちにでき上るので、かぶる人々の喜び方は、それはそれは、一通りではありません」

と、太郎が申しますと、

「では、一つ、殿《との》さまの烏帽子を折ってさし上げるようにしなさい。ここの殿さまは、気持よく、御自分の頭に合う烏帽子がないとて、大困《おおこま》りでいらせられる」

と、おとうさんがすすめました。

それで、太郎は、さっそく、殿さまの烏帽子を折ってさし上げましたところが、たいそうお気にかない、

「ほほう、何というよいかっこうの、それに、かぶりごこちのよい烏帽子であろう。これから、この国の烏帽子は、みな太郎に折らせるがよい」

という、かたじけないお言葉をいただいたので、太郎の烏帽子の仕事は、たいそう繁昌《はんじょう》して、おとうさまを喜ばせました。

次男の次郎は、小さいころから好《す》きだった弓を射《い》ることを、名人について奥義《おうぎ》をきわめたということで、これも、もどって来ると、早くもそのひょうばんが、殿さまのお耳に入り、召《め》されて、お庭で、百間《けん》の距離《きょり》から梨《なし》の実を射落《いおと》すよう命じられました。

次郎は喜んで、とくいの弓を射てごらんに入れましたが、ふしぎなことに、次郎のはなつ矢は、梨を射落すと、すぐまた次郎のそばへ飛んで帰って来て落ちますから、次郎は、たった三本の矢で、すずなりの梨をみんな射落してしまいましたので、次郎も、かたじけない言葉を殿さまからじきじきにいただいて、殿さまの御家来《ごけらい》に弓術《きゅうじゅつ》を教《おし》える指南番《しなんばん》に取り立てられました。

三男の三郎は、こともあろうに、忍《しの》びの術をおぼえて帰ったというので、おとうさんはまゆをひそめてうち沈み、そのことをだれにもないしょにしておきました。けれども、三郎の忍びの術というのは、世間にありふれた、忍んで他人のものを盗《ぬす》むような術ではないと、三郎自身はいっております。三郎は、おとうさんに、こんな身上話《みのうえばなし》をしたのでありました。

「はじめ、私が、あてもなく、とある野原をとぼとぼと歩いて行きますと、はるかむこうに一軒のふしぎな家が見えました。その家は、まるいお椀《わん》をさかさに伏《ふ》せたような家で、入口はお椀のふちが欠けたあとのように見えました。なんの気なしにのぞいて見ますと、中にはお椀がたくさん積みかさねてあって、そのむこうに一人のお婆《ばあ》さんが、ちょこなんとすわっておりました。お婆さんはふしぎそうにのぞきこむ私に目をつけて、お前はどこから来たのかね、とたずねました。私は正直《しょうじき》に『なにか仕事をおぼえこむために、修業に出かけて来たのだ』といいますと、『それなら、私のところにいなさるがいい』というので、そのお婆さんのやっかいになることにきめましたが、一年たっても、二年たっても、何も教えてくれないので、三年目に、ひまをもらって帰ろうとしますと、お婆さんはそれをとめもせず、『お前もまあ、せっかくこれまでしんぼうしたのだから、何か形見《かたみ》をやりたいのだが、見るとおり、この家には、お椀のほかに何もない。まあ、それでも、気に入ったのがあったら、どれでも一つもって行くがよい』といいますので、私もしゃくにさわって、『なあに、お椀ならこれでけっこう』と、ふだん使いなれた私の欠椀《かけわん》をもらって出かけましたが、三年の奉公《ほうこう》が、たった欠椀一つでは、あまりに馬鹿馬鹿《ばかばか》しいと思ったので、とある野原を通ったとき、欠椀を、そこへすてて行きすぎようとしました。すると、急にその欠椀が口をきき出しましたので、私はびっくりしました。それで、欠椀のいいますのに、『三郎きん、幸福《こうふく》をすてて行くものではありませんよ。こう見えても、私は、なかなかの知恵者《ちえしゃ》で、忍びの術にかけてはたいへんな名人なんだ。私はその術をあなたに教えこむためにもらわれたんだから、どこまでもあなたについて行きますよ』といいながら、ひょこひょことやって来るのを見ると、いつの間にか、その欠椀に二本の足がはえているではありませんか。私はほんとうに驚いて、まったくのところ、おそろしいほどに思いましたが、何か幸福をくれるというので、欠椀をつれて、方々《ほうぼう》を旅しながら、帰って来たのでした。そして、そのみちみち、欠椀から忍びの術を伝《つた》えられて、いまでは私も、一かどの名人となることができたのです」

と、いう一部始終《ぶしじゅう》の物語《ものがたり》でした。

　それを聞かされたおとうさんは、たいへん悲《かな》しいことに思い、むすこが盗人《ぬすびと》まがいの忍びの名人だなどということが、世間に知れてはたいへんだと、三郎のことは、ひたがくしにかくしておいたのですが、いつの間にか、だれが話したともなく、このことが殿さまのお耳に入りましたので、すぐとまた三郎は呼び出されました。そして、

「お前の忍びの術をもって、あの欲深長者《よくぶかちょうじゃ》の金箱を、何日の何時ごろにもらいに行くと知らせておいて、そっと取って来い」

と、お命じになりました。

「忍びの術は、盗みではございませぬ。もしお国に万一のことある場合、お役にたつための兵《へい》術《じゅつ》の一つでございますが」

と、三郎がもうし上げますと、

「よし、よし、それはこの国のためになることじゃ。その方の術をためそうため、あらかじめ長者方に知らせてある」

と、殿さまがおおせになりました。

「それに、長者めは、『もし、用心たらず、忍びの兵術で持ち行かれたものはお国のための御《ご》奉公《ほうこう》としてかまいもうさぬ』と、ふだんの欲《よく》深にも似《に》ず、感心なことをもうし出たのじゃ。よってその方、ぬかりなくその術を用いて見よ」

と、きつい御命令でしたので、三郎は、よぎなく、その術をためすことになったのでした。

その日、長者の家では、今日こそ三郎の忍びに来る日だというので、用心に用心をしておりました。金箱も、蔵《くら》にしまっておいてはあぶないというので、みんなお座敷《ざしき》に積《つ》み重ね、そのそばには、長者が自分で寝ずの番をしておりました。それから、下男下女《げなんげじょ》どもには、

「それっと、かけ声がかかったら、すぐに火をたき、灯《あかり》をつけろ」

と、いいつけて、めいめいに、用意の火打石《ひうちいし》やら火吹竹《ひふきだけ》やらを持たせておきました。それからまた、厩《うまや》の方では、金箱を運ぶために馬をひき出されてはならないし、もしまた三郎を追いかけるようなことの起ったときの用心にと、馬には鞍《くら》をおかせ、舎人《とねり》がその口縄手綱《なわたづな》を引いて待っておりました。

ちょうどその日は、夜になると強い雨になったので、三郎は傘《からかさ》仕立《したて》でやって来ました。長者は、三郎が、欠椀をつかって金箱をとり出すことには気がつきませんでしたので、おかしくてたまらず、

「おい、聴《き》いてごらん、名高い忍術つかいさまが傘仕立でやって来て、それ、表に立っているよ。どうしてあんなことで、この金箱が持ち出されるものか。わっはははははは」

と、笑《わら》いながら、三郎の傘にあたる雨の音を聴いておりました。

その間に三郎の欠椀は雨戸のすきから家の中へ忍びこみました。そして、みんなのうっかりしているのを幸い、長者の火吹役には火吹竹のかわりに笛《ふえ》をもたせ、火打役には火打石のかわりに手振鉦《てぶりがね》をもたせ、最後に、長者の湯《ゆ》呑《の》みの中へは、かねて用意のしびれ酒を、欠椀の口からどくどくどくとそそぎこみました。

しばらくしてから、長者が、知らずにそれを呑みますと、お腹《なか》の中が火のついたようになって来ましたので、さてはと、長者は驚いて、

「三郎の仕業《しわざ》にちがいない、早く火をたけ、灯《あかり》をつけろ」

と、さけび出しましたので、下男下女が、火をたき、灯火《ともしび》をつけようとしますと、火吹竹のかわりに笛がピーロロピロロと鳴り出し、火打石のかわりの手振鉦がドンドンチャラチャラと鳴り出しましたので、長者はすっかり腹を立てて、

「早くつけろ、早くつけろ」

と、どなりました。すると、どうしたことか、下男下女は、金箱を馬につけてくらにはこびこむことだろうと、思いちがいしましたので、どんどん金箱をはこび出して馬につけてしまいました。それを見とどけた欠椀三郎は、

「これは、けっこう、けっこう」

と、その馬をひいて殿さまのところへ運んで行ってしまいました。おかげで、貪慾《どんよく》長者《ちょうじゃ》の金箱は、お国のための大切なお役に立ちましたとさ。

東京都　明治大学文学部教授　藤沢衛彦

藤沢先生は明治大学の先生の他に、児童文化図書館長や日本童話協会会長などをしておられ、日本の子供のためのたくさんのおしごとをなさっておられます。

たくさんの本も書いていらっしゃいます。

福島県御出身の先生は、この本をつくるにあたって、いろいろ教えてくださいました。欠椀三郎は、前におだしになった本の中にあるお話ですが、特に東北のわたくしたちのために、このお話をくださいました。

笠《かさ》地《ぢ》蔵《ぞう》

〔福島県〕

むかしむかしある所に、じいさんとばあさんが住《す》んでいました。もうすぐお正月がくるから、餅《もち》を買わなければならないが、貧乏《びんぼう》だったので、二人は相談《そうだん》して、いっしょうけんめい笠《かさ》をつくり、町まで行って餅と取りかえてこようということになりました。それからいく日かたって雪が降《ふ》っている日、じいさんは二人でつくった十一の笠をもって町へでかけました。

「かさや、かさや、ええ、かさはいらぬか」

と声をはり上げてよび歩きましたが、町中歩いても、さっぱり売れません。ちょうど大みそかの日なので、お正月を迎《むか》えるじゅんびにいそがしくて、だれも、笠など買ってくれないのです。けれどもばあさんが餅を買って帰るだろうとまっていることを考えて、いっしょうけんめいよび歩きましたが、やはりだれも買う人はありませんでした。

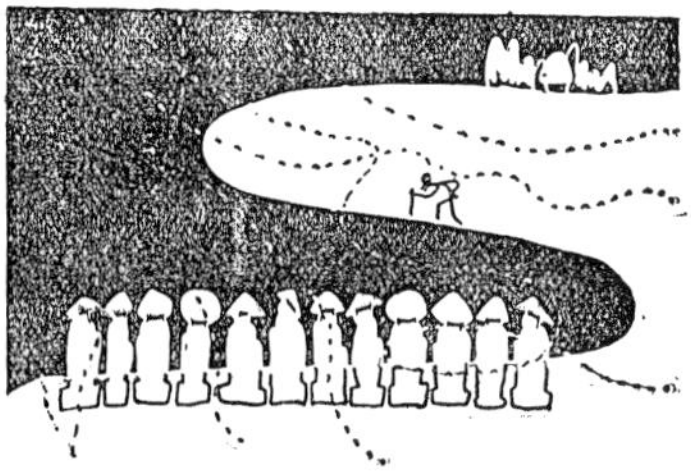

じいさんは、寒くはなるし、つかれてしまって、がっかりしながらトボトボ帰りに向かいました。途中《とちゅう》まで来ると、道ばたにお地蔵《ぢぞう》さんが十二、頭から雪をかぶってさむそうにならんでいました。じいさんはとても心のやさしい人だったので、それを見るとすっかり気の毒《どく》に思い、持っていた笠を一つずつじゅんじゅんにお地蔵さんの頭へかぶせました。だが、笠は十一しかないので、一つだけ足《た》りず、一番しまいに残ったお地蔵さんを見るとどうしてもそのまま帰れなくなりました。じいさんはしかたなく自分がかぶっていた笠までぬいでさいごのお地蔵さんの頭にのせて家に帰ってきました。

「ばあさん今帰ったよ。」

「まあまあ、雪が降ってたいへんだったでしょう。お餅は買って来ましたかね。」

雪をはらって、いろりばたに上ったじいさんは、町でさっぱり笠が売れないで、帰りみちでお地蔵さんにあげてきたと、十二のお地蔵さんのことを話し、餅は食べられないけれど、いいことをしたから、今年の正月はたのしくくらせるだろうというと、ばあさんもそれはよいことをした、といっしょに喜んでくれるのでした。それでは火でももやして、あったまって寝ましょうと、どんどんたきぎをたいて、あたたまってから床《とこ》につきました。

よく朝、

「よいしょ、どっこいしょ、どしん、どしん」

というかけ声や、音がしたので、じいさんとばあさんは目をさまし、雨戸《あまど》をそっとあけてのぞいて見ると、のき下につきたての餅と、お正月の魚やかざりものが沢山《たくさん》おいてありました。おどろいて向うを見ると、笠をかぶった十二のお地蔵さんが、じいさんの笠をかぶったお地蔵さんをせんとうに、ずしりと重《おも》い足音《あしおと》を残《のこ》して帰って行くのでした。

はなし　福島県相馬市相馬高校教諭　岩崎敏夫

サルと蛙《かえる》

（福島県の東根《ひがしね》につたわるお話です）

　ずっと昔のこと、蛙が山の中に田を作っていっしょうけんめいに働《はたら》いていました。ある日、お山のサルが、てっぺんの松の木にのぼって、ながめると、蛙が田んぼで、働いているのが見えました。サルはしばらく、それを見ていましたが、やがて何を思ったのか、スタスタと山をかけ下りて、蛙のそばへやって来ました。

「蛙どん、こんにちは。そんなにいっしょうけんめいになって、何をやっているんだい。」

　蛙が気がついてふりむくと、サルが立っています。

「やあ、サルさんかい。おらこれからここに、稲《いね》をうえるのさ。秋にお米がとれたら、モチをついて食べようと思ってな。」

　そういうと、蛙はまた働きはじめました。サルはそばの石にこしを下しながら、

「それはいいことに気がついた、じつは、おらも、そうしようと思って、苗《なえ》をつくってあるのだが、あす持ってこようか。」

「ほほう。」

蛙はほおかむりをなおしながら、

「それァほんとうか、苗がもらえるとはありがたい」

と、目をほそくしてよろこびました。サルは、

「ほんとうだとも、蛙どんさえよければ、おらも一つ手つだってあげよう、そのかわり、秋には、おらにもモチを食《く》わしておくれ」

と、口から出まかせをいいました。

　蛙はすっかり本気にして、いっしょにやることにしました。


　次の日サルは、ふもとのお百しょうの家から苗をぬすんで、かついできて、蛙といっしょに田うえをしました。一番草をとるときになりました。サルは蛙のところにやって来て、

「蛙どん、おらは昨日から、頭がいたくてたまらない。きょうはやすましてくれないか」

と、いいます。蛙は、

「いいとも、いいとも。頭がいたけりゃ、やすんでな」

と、いって、一人で働きました。二番草をとるときになりました。蛙がサルのところに行って見ると、サルはおなかをかかえて、ウンウンうなって見せました。

　サルはこうして、一度もたんぼに行きませんでした。蛙だけが、せっせと水を見てまわり、草をとって働きました。サルは、お山のてっぺんで遊びながら、蛙の働いているすがたを見て

は、

「このあついさかりに、ごくろうさん。しかしこのおらも、たいしたちえ者《しゃ》じゃないか、今にあの田から、米がとれれば、おらの口に入るというものじゃハハ……」

と、わらっていました。


やがて秋になると、蛙があせを流して働いたかいがあって、その小さな田から、米がいくらかとれました。


サルは山からノコノコやって来て、蛙といっしょにモチをつきました。つきながらサルは、

「なあ蛙どん、これを二人で食べるんだが、一つこういうふうにしようじゃないか。ついたモチをうすごと山にはこんで、てっぺんからゴロゴロところがすのさ。そして早くうすに追いついた方が、その餅を食べることにしようじゃないか。その方が、ただ食べるよりも、おもしろいじゃないか」

と、いいました。蛙は頭をふって、

「いやいや、おらは、そんなかけごとなどはいやだ。なかよくわけ合って、食べようじゃないか」

と、いいましたが、サルは、どうしてもききません。それで、とうとうこんまけして、蛙はサルのいうとおりになりました。モチが出来るとサルは、〝ウンコラサ〟と、うすをもち上げて、スタコラスタコラ、山へのぼって行きます。蛙はいきをきらして、あとを追いかけます。サルは、蛙がてっぺんにつくのもまちきれず、

「サアよいか、ころがすぞ」

と、谷を目がけてうすをころがして、いちもくさんに、うすを追ってかけおりました。

見るとうすは、ずっと下の方をころがっています。ふうふういって、やっと追いついたサルが、

「シメタゾッ」

と、うすの中を見ると「アッ」と、おどろきました。これはいったいどうしたことでしょう。うすの中はスッカラカンです。

「やっ、しまった。」

見上げると、山のとちゅうで、蛙がモチをうまそうに食べています。モチはうすからころがり出て、ツツジの木の根《ね》もとに、ひっかかっていたのでした。サルはすごすごとひきかえして行って、

「蛙どん、おらにも食べさせてくれないか」

と、たのみました。蛙は、かわいそうに思いましたが、なまけもののサルめ、いつも自分が働きもしないで、ずるいことばかりやって、ひとの働いてとったものを横取りしているから、ここで一つ、はんせいさせてやろうと思って、

「いやいや、やくそくだから、おらが先に食べることにしよう」

と、ムシャムシャ食べ続けました。サルはすっかり弱って、

「じゃあ、あのたんぼに少し残っている稲を、おらにくれないか」

と、たのみました。

「いやいや、あれは、おらが働いたのだから、いやだよ。」

「これから、おらもきっと、いっしょに働くから、食べさせてくれ。」

「きっとか。」

「うん。」

蛙は、きもちよくモチをわけてやりました。サルは本当に悪かったと思って、蛙にあやまりました。

はなし　仙台市東北農山漁村文化協会　伊藤明世

やまがた

味噌《みそ》あわ鰌《どじょろ》

味噌《みそ》しょっぱい味噌あわどじょろ（鰌）
そっちは丹波《たんば》の白鷺《しらさぎ》で（又は稲刈りで）
かあつぎかあつぎ行ったれば
あるもの無《な》いとて食《か》あしゃらね
腹《はら》腹立つな腹立つな
そら程お腹《なか》が立つならば
むらさき河原《かわら》に身をつけて
いたは浮《う》きるしかめは沈《しず》むし
ズンブコンブと流れます流れます
先ず一貫《かんか》貸し申《もう》した

採譜　武田忠一郎

水《みず》の種《たね》 〔山形県〕

山形市《やまがたし》から西へ十キロばかり行きますと、門伝《もんでん》という村があります。門伝村は今でこそたんぼの開けたよい村でありますけれど、むかしは、泉《いずみ》もなく、川もなく、あれ野だらけの村でありました。村人《むらびと》は雨がふれば谷間《たにま》につくったため池に水をため、その水をほそぼそと引いては、いねを育てました。ですからちょっとひでりが続いたりしますと、ため池はすぐからっぽになり、たんぼのいねは、ほし草のようにしおれてしまうのでございます。

　こんなわけで、門伝村の人々は、いつもまずしいくらしをしていました。田うえ時になりますと、朝起きてすぐ、空を見上げるのでございます。

青空ですと、あああ、今日もかんかんお日さまが照《て》るわい、とためいきをもらすのでした。

　与左衛門《よざえもん》もそんな村人《むらびと》の一人でありました。ときどき、山の谷間に、青々と水をたたえた大きい沼《ぬま》のゆめをみました。与左衛門は村の人びとに、みんなで大きいため池を作ろうではないかと、相談《そうだん》したのであります。村の人びとはだれもかれも、賛成《さんせい》ではありましたが、なにしろ、大きい工事《こうじ》で、とても村人の手におえることでは、なかったのでございます。

ある日、与左衛門は山形に用事があって、高木《たかぎ》の舟渡《ふなわた》し場までやってまいりました。すると、子どもたちが大ぜい集《あつ》まって、なにやら、とり囲《かこ》んでさわいでいるのでございます。

与左衛門が、その子どもたちの頭ごしにのぞいてみますと、白いヘビをいじめているのでありました。白いヘビがめずらしかったのでしょう。与左衛門は、ヘビをあわれに思いまして、子どもたちにゼニをあたえ、ヘビを助けてやったのでございます。

さて、与左衛門は用事をすませて、また高木の渡し場にもどってまいりました。もう日のくれでございました。

「もし、もし、与左衛門さま」

と、あとから呼ばれて、ふりかえった与左衛門はびっくりいたしました。このへんでは見かけたことのない、きれいなわかいむすめが立っていたのでございます。そのむすめのいうには、じぶんは龍宮《りゅうぐう》のもの、龍王《りゅうおう》のむすめの、乙姫《おとひめ》である。ヘビのすがたになって、この国を見物《けんぶつ》にきたのである。今朝ほどは子どもたちに見つけられ、あぶなく命《いのち》をなくすところを助けていただいて、なんとお礼《れい》をしてよいかわからない。と、うれしなみだを流して、お礼をいうのでございます。

乙姫さまは、ご恩返《おんがえ》しのため、ぜひ龍宮へ案内《あんない》したい、と、もうします。与左衛門は、お礼などいりません、と、ことわりましたが、乙姫さまが熱心《ねっしん》にすすめますので、それでは、と、しょうちいたしました。すると最上川《もがみ》の上に、美しいこし（むかし、みぶんの高い人ののるかごのようなもの、四人でかつぐ）がうかんだのでございます。

乙姫さまと、与左衛門がそれにのると、こしは、ひとりでにうごき出しました。そして夕やけの光が、かすかに明るい海の上を、おきへおきへと、進んでいったのでございます。

夜が明けました。すると光かがやく、青い海の上に、目もさめるようなごてんが建っていたのでございます。龍宮でした。

龍王は、むすめの乙姫から、話を聞いて、与左衛門にお礼をいいました。おいしいごちそうを食べたり、魚《さかな》のまいを見たりいたしましたのは、むかしむかしの浦島太郎《うらしまたろう》と同じでございます。

二、三日もたったでありましょうか、与左衛門は田畑《たはた》の仕事《しごと》が気になったので、帰ることにいたしました。

乙姫さまは、与左衛門に、いつまでも龍宮でくらしてください、と、熱心にすすめたのでございます。けれども与左衛門はいいました。龍宮のくらしは、本当にたのしいものです。でも、私は土をあいてにくらしてきたのです。毎日土を耕《たがや》し、土の中から、めばえてくるものを、育《そだ》てていくたのしさがわすれられません。と、ことわったのでございます。

乙姫も龍王もしかたなく、それではおみやげを、と、めずらしいたからものをいっぱいにならべました。浦島太郎の玉手箱がありました。桃太郎が鬼《おに》が島からもらったよりも、ずっとりっぱなさんごがありました。金や銀もひかっていました。ほしいものがなんでもでる打出《うちで》の小《こ》づちもありました。

与左衛門は、どれをもらったらよいか、迷《まよ》ってしまいました。みんなほしいのです。ふとみると、さんごのかげに二本のそまつなとっくりがあります。どこのうちにもあるようなとっくりが、たからものといっしょにあるのは、おかしいことでございますね。与左衛門がききますと、龍王はわらって、

「なんだって、そんなつまらないものを出して来たのでしょう。そのとっくりの中には、水の種《たね》が入っているんですよ」

と、いうではございませんか。

与左衛門はこれだ、と思ったのでございます。この水さえあれば、村の人はどんなに助かることでしょう。さんごをかざっていたって、村のためにはなりません。水ならば、どんなに村の人が喜ぶでしょう。

そんなつまらないものを、と、あきれた顔をなさる乙姫さまにかまわず、与左衛門は、二本のとっくりをいただいたのでございます。

はやく帰って、大きい沼をつくってみたい。あれ野の中を、チラチラ光って流れる美しい川が、目にうかんできました。水口《みなぐち》から、水は音をたてて田に流れこみます。いねが一センチ二センチとみるみるのびていきます。しおれていた野菜《やさい》が、むくむくと起き上がります。村の人たちが、うれしがって大声でわらい声をたてております。

ふと気がつきました。顔の上には、すすけたわらやねの天じょうがありました。目がさめると、いつも顔の上にある自分のうちの天井なのです。そまつな、うすいふとんに与左衛門はねていたのでございます。なあんだ、ゆめだったのか。がっかりいたしました。それにしても、あんまりうれしいゆめなものですから、かえって悪いことがおこるような気がしてなりません。与左衛門は、いつも信心《しんじん》している虚空《こく》蔵《ぞう》さまにおまいりしようと、山を上っていったのでございます。

虚空蔵さまの、おさいせん箱《ばこ》の上に、とっくりが二本おいてありました。与左衛門は、おや、と思いました。どうも、そのとっくりは、ゆめでみた水の種のとっくりと、そっくりなのでございます。けれど、どこのお百姓《ひゃくしょう》やにもあるつまらない、とっくりにも、みえるのでございます。

与左衛門は、とっくりを手にとって中をのぞいてみました。なにかはいっていました。ふってみました。水のような音がするのでございます。村の人が、おみきをあげたにしては、おさけのにおいがしません。与左衛門は、とっくりを横にして、中のものをだしてみようと思ったのでございます。

すると、どうでしょう。どくどくと水が流れだしてくるのです。水の種のとっくりなのか、と、与左衛門はあっけにとられて、口もきけません。そのうち、もう一本のとっくりからは、こんこんと水がわきだし、あふれだしたのでございます。水は、地面をはって流れだしました。水は、かれ葉をおし流しました。どろを流しました。そして、美《うつく》しい谷川となって、山を流れ下《くだ》っていくのでございます。水はどんどんふえるばかりであります。

「たいへんだぞう、水ましになるぞう。」

与左衛門は声をかぎりにさけびましたが、村の人に聞えるはずはありません。山びこがこたえてくれるだけでございます。

与左衛門は、いそいで山のてっぺんにかけ上りました。みるとどうでしょう。谷という谷に、水はいっぱいにあふれて、大きい沼をつくってしまいました。かぞえてみますと、四十八も沼ができていたのでございます。

それからというもの、門伝の村は、水にこまることがありませんでした。あれ地はたんぼにかわりました。野菜畑には、いつもいきいきと野菜が育ちました。村人も生きかえったように元気に働くようになりました。

与左衛門はみんなにほめられ、ありがたがられました。

二本のとっくりを家の紋《もん》としている開沼《かいぬま》さんは、与左衛門の子孫《しそん》でございます。

原　文　山形市児童文学協会山形支部長　沢渡吉彦
はなし　仙台市五城中学校教諭　石森門之助

雪《ゆき》むすめ

〔山形県〕

　もう、春がそこら一ぱいにあふれているのに、北の国の山おくは、まだ、雪におおわれていました。

　村ざとの、梅《うめ》のつぼみがふくらむ頃《ころ》になると、「雪むすめ」があらわれるという、ふしぎなお話があるのです。

　雪が降りしきる、寒い夜のことです。

　木こりの吉助じいさんが、山から帰ってきました。おばあさんと二人で、イロリに

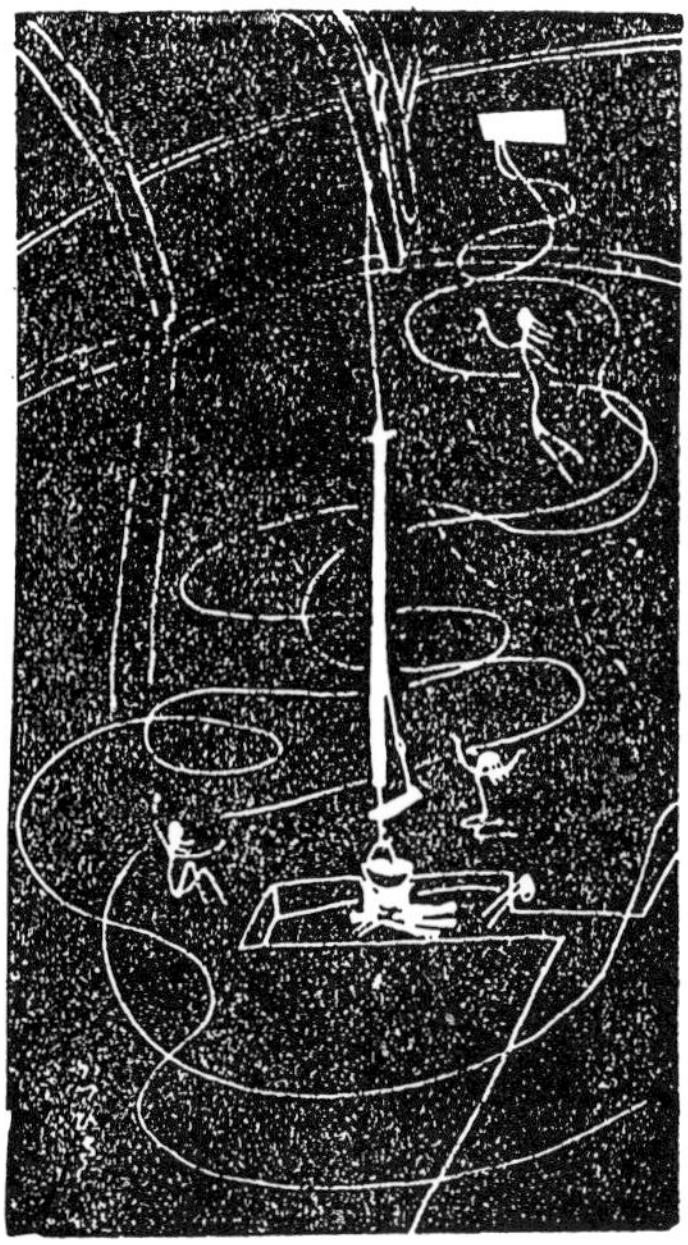

すわって、トロトロと火をたいていると、
「こんばんは、ごめんください」
という、やさしい女の声がします。こんな寒いばんに、山おくの一けんやにたずねる人は、だれ

だろうと、おじいさんとおばあさんは、顔を見あわせて、くびをかしげました。

雪をのせた北風が、フーッとふきつけると、すすけた窓に、粉雪《こなゆき》があたって、ガタガタと音をたてました。

その音にまじって、トントンと戸をたたいて、

「ごめんください」

という声が、また聞えてきました。おばあさんは、いそいで戸をあけました。

すると、十七、八の、美しい、えにかいたような、一人のむすめが、入口に立っていました。

「こんな夜ふけに、すみませんが、あまり寒いので、チョット、火にあたらせてください」

と、そのむすめが、ていねいにおじぎをしました。

「さあ、早く入って火におあたり」

と、おばあさんは、むすめの手を引いて、びっくりしました。むすめの手が氷《こおり》のように、みぶるいするほど、冷《つめ》たかったのです。

風がやみました。

おじいさんと、おばあさんは、むすめをイロリのそばにすわらせて、ドンドン火をたいてあたらせました。むすめは、火に手をかざして、うれしそうでした。

「こんなにおそく、どこまで、おいでですか」

と、おじいさんがたずねると、

「わたしは春になると、もっと北の国へ行かなければならないのです」

と、いったきり、あとはなにもいいませんでした。

おばあさんは、ゆでぐりでもごちそうしようと、おくのへやからなべをもってきました。

「おかげで、からだもあたたまりました。これから、また出かけなければなりません。いろいろごしんせつにありがとうございました」

と、むすめは、ていねいに、お礼をいいました。

「こんな夜ふけに。もうどこにも行けません。そまつな家ですが、今夜はどうか、とまって、明日の朝出かけなさい」

と、おじいさんもむすめの手をおさえて、びっくりしました。おばあさんが、おどろいたと同じように、むすめの手がゾッとするほど冷たかったからです。おじいさんは、サッと手をはなすと、北風が雪をのせて、ふいてきました。

「今夜は、どうしたことでしょう。」

おじいさんが、そういったとき、ゴーッとまた、強い風がふいて、どこからか粉雪がチラチラと、落ちてきました。

「あっ。」

おじいさんはおどろきました。お礼をいって、起ち上ったむすめが、見るまに雪にかわり、それがまぼろしのようになり、けむりといっしょにイロリの上をまって、やがて屋根うらのけむり出しから、スーッと消えてしまいました。

「ハーテ、ふしぎなこともあるものだ。まさか山のキツネじゃあるまいね」

と、おばあさんがたずねました。

「いや、キツネやタヌキのいたずらじゃない。あれは子どもの時から聞いていた雪むすめにちがいない。昔から雪むすめを火にあてると、北風がむかえにくるといったものだ。そして、雪むすめの冷たい手にさわると、その人は、こごえて死んでしまうといったものだ。あれは、きっと雪むすめだ。ああ、あぶなかった」

と、おじいさんが、お話しました。

そのむすめは、やっぱり雪むすめだったのです。

もう風がやんで、春のあわ雪が、しんしんとわら屋根につもっていました。

雪むすめは、きっとおじいさんたちの、しんせつにかんしゃしながら、遠い国に、行ったことでしょう。

山形県上山市上山小学校教諭　萩生田憲夫

喜太郎稲荷《きたろういなり》

〔山形県〕

将棋《しょうぎ》の駒《こま》で日本一といわれている天童《てんどう》町にこんな話があります。

山形の殿様《とのさま》最上義光《もがみよしあき》が、天童をせめようと大軍《たいぐん》をつれてやって来ました。ぼうぼうと鳴りわたるホラ貝《かい》の音、風になびく旗《はた》さし物、馬のいななき。それはそれは勇《いさま》しいばかりでありました。

もう立谷川《たちやがわ》までやって来ました。天童まではあと二キロもありません。天童の殿様里見頼久《さとみよりひさ》は気が気でありません。ここで防《ふさ》がなければもうお城《しろ》はとられてしまいます。

最上家の大軍は勝ちほこったように、

「それ進め、これしきの流れはなにほどのことがある」

とさけびながら、まさに川をわたろうとした時、どうしたものか、だくりゅうがあれくるったように流れて、どうしてもわたることが出来ません。

「む、残念《ざんねん》だ。」

義光の軍は敵の城を目の前に見ながら、やむなく山形へ引き返しました。

そして宝幢寺《ほうどうじ》のおしょうさんの尊海《そんかい》に命《めい》じて、

「にくい里見家め、すぐこうさんするようにいのりをいたせ」

と、こうふくのいのりを行《おこな》わせました。

翌日《よくじつ》、

「今度こそは一つぶしにつぶしてやるぞ」

と大軍をひきつれてまた、立谷川のほとりへやって来ました。

見ると立谷川は昨日のようにだくりゅうがうずをまいて流れているのでした。

「残念だ、今日もむなしく引返えさなければならぬとは――。」

義光は歯《は》をくいしばって残念がりました。それから馬見ヶ崎《まみがさき》川のほとりの薬師河原《やくしがわら》に祭壇《さいだん》をつくって勝利のいのりをさせました。

大ぜいのおしょうさんのあげるお経《きょう》が盃山《さかずきやま》にこだましてひびくほどでした。

その時、義光はふと思いました。

「まてよ、近頃は少しも雨がふらないのに大水が出るとはふしぎなことだ。」

馬見ヶ崎川には水がわずかしかありません。それなのに立谷川だけが大水となっているのは本当にふしぎなことです。

「そうだ、もしや、狐《きつね》か狸《たぬき》が我々をたぶらかしておるのにちがいない。」

そう思った義光はすぐ命令《めいれい》して天童へと馬を走らせたのでした。

すなけむりがもうもうと立上ります。立谷川のほとりまでやって来ますと、やっぱりだくりゅうがうずをまいています。

義光は家来《けらい》に命じて魚のにくを川へ投げこませました。

すると、いっしょにつれて来た犬どもはそのだくりゅうめがけて、少しもおくするようすもなくとびこんで行きました。

「あっ……。」

おどろきの声がにわかにおきました。

おそろしいばかりに流れていた水が見る見るうちに消えてしまい、カラカラのざり河原《がわら》となったではありませんか。それは里見家の守《まも》り神喜太郎稲荷《きたろういなり》のしわざだったのです。

「あはは……やっぱりきつねたぬきのしわざであったぞ。それものどもせめたてろ！」

義光は喜んで命令しました。


頼久は城を出てにげましたが、道にまよって山の中をさまよっているうちに敵がやってくるのに出あいました。

「見つかってはならぬ。」

頼久はいそいでかたわらの松の木へ上りました。すると、その松の木の根もとから枝が出て、葉がのびて頼久のすがたをすっかりかくしてしまいました。

義光の兵たちは頼久を知らずに行ってしまいました。

この松をいつしか「身かくしの松」とよぶようになりました。

その夜、頼久は仙台へ逃げようとして関山峠《せきやまとうげ》までやって来ました。すっかり夜がふけ、しかも星のない暗やみでしたから道がわかりません。すっかりこまってしまいました。

「暗やみで道にまよってしまった、わしの行く道を知らせてくれ、喜太郎よ。」頼久がそうさけびますと、きらりときつね火が光ったかと思うと、喜太郎稲荷がぱっとすがたをあらわして出て来ました。

「あ、喜太郎、ごくろうだが、道を教えてくれよ。」

先にたつ喜太郎稲荷はまるでとぶような歩き方でしたが、頼久たちも、いっしょに歩いても少しもつかれませんでした。

やがて頼久が無事にのがれることが出来たことはいうまでもありません。

——立谷川をこうずいと見せたり、頼久をみちびいて追手《おいて》からのがれさせた喜太郎稲荷とはいったいいなんでしょう。


喜太郎というのはその昔、里見家の足軽《あしがる》だったのです。祖先の頼直《よりなお》が京都《きょうと》の御所《ごしょ》へ行かれたとき、喜太郎もいっしょに京都へやってきました。

京都はにぎやかな都でした。喜太郎はひまにまかせて、あちこちを見て歩きまわりました。

ある時、伏見《ふしみ》の稲荷へおまいりしようとやってきました。社《やしろ》の近くまで来ると、鳥居《とりい》の下に大ぜいのきつねの子どもたちがあつまっていました。それは、鳥居をとびこえようとしているのでした。この鳥居をとびこえると正一位《しょういちい》の位《くらい》がもらえるのです。でも、大きな鳥居でしたからなかなかとびこせません。

これを見た喜太郎は、

「なーんだ、これくらいの鳥居がこせないのか」

と、わらいながら、持っていたかさを鳥居の上にほうり投げました。かさは風にのって、すうとんで、鳥居をこそうとした時でした。

喜太郎はきつねのしょうに（せいしつ）とりつかれ、正一位の位をさずけられ稲荷になってしまったのです。

喜太郎はびっくりしてしまいました。それから国へ帰るといつまでも里見家の守り神となったのであります。

ある時、喜太郎稲荷のつかいとして二人の童子《どうじ》があらわれ、

「これから南の方三里（十二キロ）のところに強敵《きょうてき》があらわれ、この城もたもつことはむずかしい」

と、いいました。

やっぱりそうでした。あとになって最上氏にほろぼされてしまいました。この時あらわれた童子二人にちなんで、天童という町の名となったのでありました。

はなし　山形市児童文学協会山形支部長　沢渡吉彦

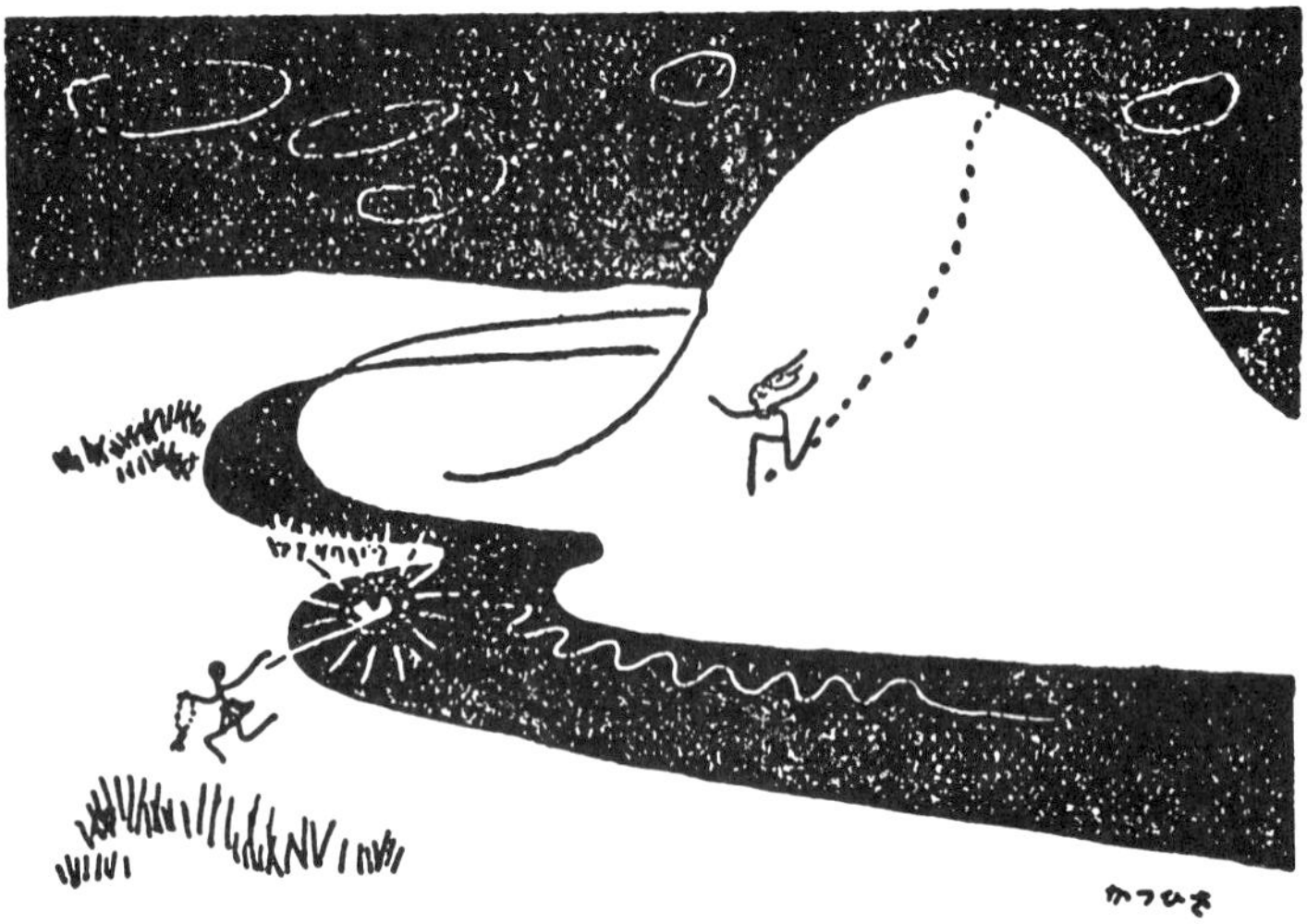

小僧《こぞう》小僧《こぞう》まだか

〔山形県〕

「どこか、とまるとこねえべかなあ。」

長い長い道をとぼとぼと、お寺の小僧《こぞう》さんが歩いていました。だんだん暗くなってくるのです。おなかがすいて、もうひと足も動けないほどでした。

日がとっぷりくれたとき、ずっと向こうにあかりが一つ、ぽつんと見えました。しめた。小僧さんはきゅうに元気が出て、そのあかりに向かっていそぎました。あかりは森の中にありました。こんな深いさびしい森の中の家、いったいどんな人がすんでいるんだべや。いいや、どうでもいい、どうしても一晩《ひとばん》とめてもらいすぺ。

出て来たのは六十ばかりの白がのおばあさんです。あいにく、だれもいないんだよ。それにごちそうもありません。おばあさんは暗いあかりの光で、小僧さんをじろじろ見ながら言います。ことわられてはたいへん、もう一足も動かれませんからと、いっしょうけんめいにたのみました。おばあさんはニヤリと笑って、しょうちしてくれました。

おかゆをごちそうになり、おなかが一ぱいになると、小僧さんは一日のつかれがでて来て、うとうとといねむりをはじめました。

「さ、小僧さん、おやすみ。とこをとってあげすたがら。」

おばあさんは、とてもしんせつに小僧さんにおふとんをかけてくれました。

そして小僧さんの耳にそっとささやきました。

「となりのざしきをのぞいてはだめだよ。いいか、わかったか。」

小僧さんはそれをゆめうつつに聞いて、こっくりしました。

どの位ねむったでしょう。小僧さんはふと「となりの部屋をのぞいてはいけないよ」といわれたように思いました。ぱっと目がさめました。気になってし方がありません。月の光が家のやぶれたところからさしこんでいます。小僧さんはとても心細くなって来ました。ふとんからぬけ出して、となりのへやの方へはって行きました。そっと戸を細目にあけてのぞきました。

「あっ！」

小僧さんは口をおさえました。からだが、ガタガタとふるえだしました。

たくさんの白い人間の骨や、しゃれこうべがころがっていたのです。

「おれも食われっど。早く早く。」

小僧さんはふるえて自由《じゆう》のきかない手をもどかしがりながら、みじたくをはじめました。

そっと、そっと。外へ出ようとすると、

「おや、どこさ行くの」

とおばあさんがでて来ました。あ、しまった。

「べんじょ。」

小僧さんはやっと答えました。

「ふーん。お前、見たな。」

おばあさんはすごい顔になりました。鬼《おに》ばばだったのです。

小僧がにげないように、太いあさのつなでこしをしばりました。べんじょの外で、つなのはじを持って立っているのです。こまったなあ、こまったなあ。どうしたらいいべ。つなをとこうとしました。だめです。どうすっぺ。なんとかなんねべか。

「小僧小僧、まだが。」

鬼ばばがつなを引きます。

「まだ、まだ。」

小僧さんはあわててべんじょの戸をおさえました。こまったな、こまったなあ。

「小僧、小僧、まだが。」

きつい声です。

「まだ、まあだ。」

小僧さんはじれて来てじっとしていられません。からだをさすりました。するとふところにおふだを三枚入れていたのに気がつきました。旅に出る時、おしょうさんが、これはありがたい大はんにゃのおふだだ。あぶないめにあった時投げて、助けてけろとたのむんだど。とわたしてくれたのです。

ためしてみっぺ、小僧は一枚のおふだをぱらりと投げて見ました。するとどうでしょう。どうしてもとけなかった、太いつながするりとけたのです。うまく行った。小僧さんはまどからずるっと外へ出ました。そしてりすのように早くかけ出しました。

「なんだべな、なげえごだ。小僧小僧まだが。」

するとどうでしょう。

「まだ、まだ」

と中で返事《へんじ》をするのです。おふだが小僧のかわりに答えているのです。

「まず、まず、なにしてんだべな。小僧、小僧。」

「まだ、まあだ。」

鬼ばばはがまん出来なくなって、力まかせにつなを引っぱりました。つなはするっとぬけたから、鬼ばばは、でんと、ひっくりかえりました。にげられた。鬼ばばは、一本道の遠くをまるくなってかけて行く小僧を見つけました。

「どこまで行ったって、でけねどう」

と風のようにおっかけました。鬼ばばのかみの毛がほうきのようになりました。

あ、つかまれる。小僧はまたおふだをなげました。

「砂山《すなやま》出はれ。」

すると大きい砂山がでえーんと出ました。鬼ばばは、はい上りました、ざらざらとくずれて思うようにこえられません。小僧はどんどんにげました。

もう大じょうぶと小僧がふりむくと鬼ばばは、おそろしい歯《は》をむき出して、じき後をおっかけて来ます。

「どこまで行ったて、でけねどう。」

小僧は最後《さいご》のおふだをなげました。

「大川、出はれ。」

すると最上川《もがみがわ》の十倍《ばい》もある大川が、ごうごうと流れ出しました。鬼ばばは、えい、こんな川と飛びこみました。流れが急ですから、ぐいぐい流されます。あっぷあっぷとしずんだり、うかんだりします。

小僧は喜こんで又かけ出しました。はあ、はあ、息がきれて、とてもつかれて走れません。ふりかえってみるとどうでしょう。鬼ばばは風のように走ってきます。その早いこと、早いこと。もう、おふだもない、つかれて走れない。もうだめだ。そう思った小僧は、道ばたのしげった草むらの中にとびこみました。じいっと息をころして小さくなっていました。すると鬼ばばは風のように通りすぎました。そっと頭をあげてみると鬼ばばは、みるみる遠い野原の向こうに走りさってしまいました。

ああ、いがった。小僧は安心して草の中にねころびました。とてもよいにおいです。みると、しょうぶと、よもぎのしげみの中にいたのでした。

小僧さんは、助かりました。あぶないところだったね。

ちょうどこの日が五月のお節句《せっく》でした。それで村村では、五月のお節句に、しょうぶとよもぎを屋根にかざって、まものをよけるおまじないをすることになったんだってさ。さ、もうねらいンわ。

原　文　山形県最上郡真室川町　安彦好重
はなし　仙台市五城中学校教諭　石森門之助

貝吹《かいふ》き旦次《たんじ》

〔山形県〕

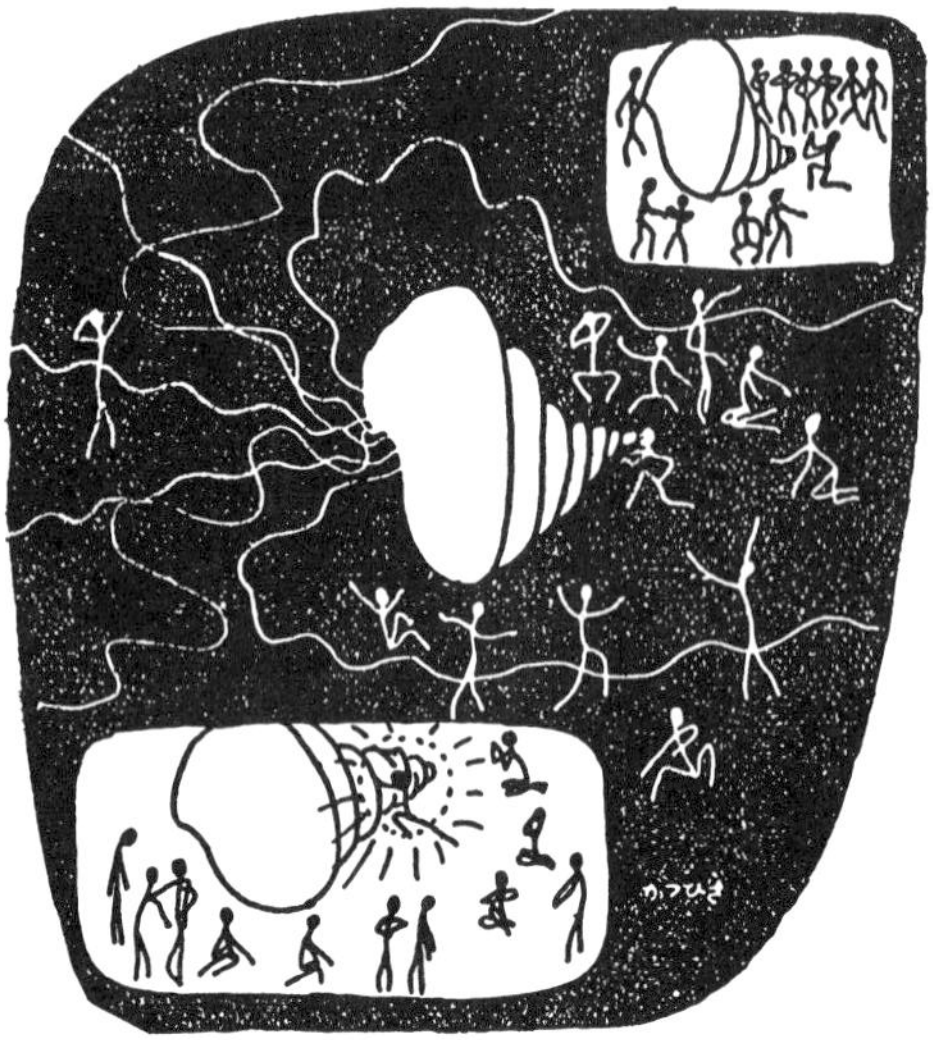

旦次《たんじ》は、出羽国沼田《でわのくにぬまた》の殿きま戸沢《とざわ》氏に、かかえられている貝《かい》ふきでありました。

生れた国も、みょうじもわかりません。だから、みんなも貝ふき旦次とよんでおりました。

旦次は、ほんとうに神さまのように、上手《じょうず》な、貝ふきでありました。

「こしにさす刀は名ばかりだ。わしの命は、貝にあるのだ」

と、言っているほどに、旦次は貝ふきを命にしていたのです。

殿きまも、旦次をほこりにし、

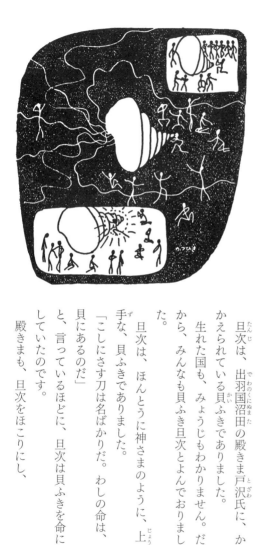

「わしの家来《けらい》は大ぜいおるが、貝をふかせたなら、このみちのく（東北地方）はおろか関東《かんとう》にも、旦次にまさるものはあるまい」

と、かわいがっておりました。


ある夏のこと、殿様は三里（十二キロ）あまりの山道をこえて、瀬見温泉《せみおんせん》へやって来ました。お気に入りの旦次もおともにまじっていました。

「よいところだな、義経《よしつね》さまが、見出されたというだけに、湯《ゆ》のきれいなこと、まるで青い宝石《ほうせき》をとかしたようだ。」

旦次は心ものどかになって、とても楽しそうです。

あたりには、山がかさなりあい、山のすずしい風が、さっとふいて来ます。

ある日のことでした。たいくつした旦次は、街道《かいどう》をぶらぶら歩いておりますと、白衣《はくい》の行者《ぎょうじゃ》たちがやって来ました。

せわしい足どりは、日のあるうちに城下《じょうか》へつこうと、いそいでいるからでしょう。

そのころ、仙台領《せんだいりょう》の海岸に、一メートルほどの大ホラの貝がゆり上げられました。

「これは、でっかいホラ貝だ。」

「まるで、まものみたいだぞ。」

あまり大きいので、心ない村人たちにも、何かいわれがありそうに思われたのでした。

「ともかく、だれかこの貝をふきこむものはおらんかのう。」

あっちの村、こっちの町と探《さが》しましたが、こんな大きな貝をふきこむものなぞあるはずもありません。

「しかたがない、出羽《でわ》（山形）の羽黒山《はぐろやま》に納《おさ》めるとしようか。」

「そうだ、羽黒山の天狗《てんぐ》なら、あるいはふきこめるかもしれない。」

あまりに見事な貝でありましたから、すてることもならず、行者をたのんで、羽黒山へ納めることになりました。旦次が出あった白衣の行者たちは、この貝を納めに来た人たちだったのです。まん中の一人が、大切にせおった大貝は、白い布《ぬの》でつつまれてありましたが、旦次の心をひかずにはおきませんでした。

「あ、貝だ。」

旦次は、自分をわすれてしばらくは見送っていました。

「すばらしいホラ貝だ。」

旦次はもう、がまんがなりません。その後を追って行きました。道はもうとうげにかかっておりました。木の枝をならす風の音も、夕日をあびて、くれないに燃《も》える西の山も、真赤《まっか》にそまった夕焼雲《やけぐも》も、目に入りません。

山もわすれ、道もわすれ、いいえ、殿さまにつかえる身もわすれてしまったのです。気がちがったように、つつみの中の貝にひかれて行くのでありました。

行者たちもいそぐことで、話しあうこともありません。だれもがだまって歩いているばかりです。

聞えるのは、行者たちのワラジの音と、旦次のぞうりの音ばかり……。

道は、七曲《まが》りの急な坂へやって来ました。ここまで来ると、さすがの行者たちも、息を入れるために一休みすることになりました。旦次はもうがまんが出来ませんでした。

「みなさん、どうかその貝を、ふきこませてくれまいか。」

「なんだって、この貝をふきこませてくれというのかい、あはは……。」

行者たちはわらいあって、相手《あいて》にしません。

「一生の思い出に、どうかふきこませてください。」

旦次は手をあわせて、一心にたのみました。ふきこませてくれなければ、ここからもどらない気持でおりました。その気持がわかったのでしょうか。しばらく話し合っていた行者たちは、

「それほどののぞみなら、ふきこませてやろう。だが、神にささげる大切なしなゆえ、しっかりやってもらいたい。」

旦次の喜びようはありません。

「あ、ありがとうございます。」

もちろん、この大貝をふくには、息をつくし、生命《いのち》をかけての仕事《しごと》であります。旦次は、しばらく目をつむって、神にいのりました。それからしっかりと、両手でかかえると、はじめは低くふき、それから少しづつ高くふきあげますと、まるで地にほえるかと思われ、また、天に

さけぶように、ぼうぼうと鳴《な》りわたるのでした。

大空をもつらぬき、世界のはてまでもとどろきわたる、その声に、空をとぶ雲も、川を流れる水も、足をとどめるばかりでした。

「あっ。」

おどろいたのは、行者たちでした。これほどの大貝をふきこむものなどあるとは思えなかったのに、ぼうぼうと長く尾をひいて吹きならしている旦次をみて、

「あれは、よもや人間ではあるまい。きっと、羽黒山の天狗が、おむかえに来られたのにちがいない」

と、おそれてしまい、息もつかずに城下へ走り通しに、逃《に》げてしまいました。


——あくる年のことでした。

旦次は相馬《そうま》に、四メートル三十もある貝があるという話をききました。

「それほどの大貝、一目でも見たいものだ。」

その話をきいてから、旦次はじっとしておれません。

とうとう殿さまからおひまをもらって、相馬へやって来ました。

「これはりっぱだ……。」

ききしにまさる大きな貝でありました。もちろん、これまでふきこんだものは、一人もありません。

「この貝を吹きこみたいといわれるのか、あはは……」

と、わらって、だれも本当にしてくれません。それでもどうやらふきこむことをゆるされた旦次は、力一ぱい、ぼうぼうと、ふき鳴らしました。

こんな大貝をふきこめるものがおるとは、ゆめにも思っておりませんでしたから、みんなのおどろきようったらありません。

「まるで神さまだ。」

大ぜいの人たちは、遠くの方から、こわいものをのぞくようにして旦次を見守っておりました。

やがてふきおえた旦次は、貝をだいたままうつぶして、立上ろうとしませんでした。

「おや、どうしたのか。」

人人がかけよって、だき起しますと、旦次は貝をくわえたまま、息がたえたのでありました。

はなし　山形市　東北地方児童文学協会山形支部長　沢渡吉彦

あとがき

わたくしたちは、桃太郎《ももたろう》やカチカチ山のお話を知っていても、自分の町や村につたわっているお話をあまり知っていません。

この本は、わたくしたちの祖先が、長い間口から口へ話して来た、みちのくの民話すなわち東北六県のお話をあつめたものです。

お話をおくって下さったのも、わたくしたちが読めるように書きなおしてくださったのも、さし絵を書いて下さったのも、みな東北の先生方です。

この民話集は、できあがるまでに一年もかかりましたが、なぜ先生方が、一年もかかってまで、こんなりっぱな民話集をわたくしたちにつくってくださったのでしょうか。

「水の種」の与左衛門は、水がないので苦しんでいる村人のために、美しいたからものに目もくれず、水の入ったとっくりをもらって帰りました。

「水の種」のお話は、村人たちが自分たちのために、つくしてくれた与左衛門にかんしゃしながら、長くかたりつたえてきたものでしょう。

このように民話の中から、わたくしたちはその当時の祖先のくらしや気持、昔の人たちのもっていたのぞみや努力を知ることができます。

また、これをかたり伝えることのできたのは、ことばがあったからです。

「ゴムの木に桑をつないだら、かいこがビニールみたいなマユをつくるかもしれない。」

これは今のお百姓さんのお話ですが、こうした世の中のためになることをしようというのぞみは、だれでもみんなもっています。

わたくしたちのもっているうつくしい夢をどしどしのばして、正しく強く生きるように、先生方はこの本をつくってくださったのです。

この民話は、劇《げき》や紙芝居《かみしばい》や幻灯《げんとう》などにしてもおもしろいでしょうし、また、自分たちの町や村の民話をしらべてみたらいいでしょう。

この本をつくってくださった多くの先生方に、みんなで心からお礼をいたしましょう。

この本ができあがるためには発起人《ほっきにん》、編集委員《へんしゅういいん》の諸先生をはじめ、出版をおひきうけ下さった未來社、青森の齊藤正氏、秋田県の長谷部哲郎氏、岩手の深沢省三、紅子両氏、山形の沢渡吉彦氏、東京の「民話の会」の木下順二氏、吉沢和夫氏及び御投稿下さった方々の暖かい御指導と御援助によって生れましたことをお知らせすると共に、厚く御礼申上げます。

なお校正には編集委員の石森門之助氏、挿絵には中津川雄久、関川治男氏に大変なお世話になりました。

当協会は更に民話集の第二集と「東北の生んだ偉人集」の刊行を計画していますので、今後とも皆様方のお力添えをお願い致します。

編集委員

佐々久　中沢淳弐
渡辺波光　薄田清
佐々木喜一郎　鈴木道太
富田博　氏家八良
石森門之助　宮川弘

（東北農山漁村文化協会）

本文中、現在では用いられない表記・表現がありますが、刊行当時の資料的意味と時代性を尊重し、そのままにしてあります。ご了承ください。

また、再刊にあたり、連絡のとれない関係者のかたがいらっしゃいます。ご存じの方がおられましたら、弊社までご連絡ください。

（編集部注）

［新版］日本の民話　別巻1

みちのくの民話

一九五六年六月一〇日初版第一刷発行
二〇一七年五月一五日新版第一刷発行

定　価　本体二〇〇〇円＋税

編　者　東北農山漁村文化協会

発行者　西谷能英

発行所　株式会社　未來社
〒一一二―〇〇〇二
東京都文京区小石川三―七―二
電話（〇三）三八一四―五五二一（代表）
振替〇〇一七〇―三―八七三八五
http://www.miraisha.co.jp/
info@miraisha.co.jp

装　幀　伊勢功治

印刷・製本　萩原印刷

ISBN978-4-624-93576-4 C0391

〔新版〕日本の民話

（消費税別）

1 信濃の民話 ＊二二〇〇円
2 岩手の民話 ＊二〇〇〇円
3 越後の民話 第一集 ＊二二〇〇円
4 伊豆の民話 ＊二〇〇〇円
5 讃岐の民話 ＊二〇〇〇円
6 出羽の民話 ＊二〇〇〇円
7 津軽の民話 ＊二〇〇〇円
8 阿波の民話 第一集 ＊二〇〇〇円
9 伊豫の民話 ＊二二〇〇円
10 秋田の民話 ＊二二〇〇円
11 沖縄の民話 ＊二〇〇〇円
12 出雲の民話 ＊二〇〇〇円
13 福島の民話 第一集 ＊二〇〇〇円
14 日向の民話 第一集 ＊二〇〇〇円
15 飛騨の民話 ＊二二〇〇円
16 大阪の民話 ＊二〇〇〇円
17 甲斐の民話 ＊二〇〇〇円
18 佐渡の民話 第一集 ＊二〇〇〇円
19 神奈川の民話 ＊二〇〇〇円
20 上州の民話 第一集 ＊二〇〇〇円
21 加賀・能登の民話 第一集 ＊二二〇〇円
22 安芸・備後の民話 第一集 ＊二二〇〇円
23 安芸・備後の民話 第二集 ＊二〇〇〇円
24 宮城の民話 ＊二二〇〇円
25 兵庫の民話 ＊二〇〇〇円
26 房総の民話 ＊二〇〇〇円

＊＝既刊

27　肥後の民話　＊二〇〇〇円
28　薩摩・大隅の民話　＊二〇〇〇円
29　周防・長門の民話　第一集　＊二二〇〇円
30　福岡の民話　第一集　＊二〇〇〇円
31　伊勢・志摩の民話　＊二〇〇〇円
32　栃木の民話　第一集　＊二〇〇〇円
33　種子島の民話　第一集　＊二〇〇〇円
34　種子島の民話　第二集　＊二〇〇〇円
35　越中の民話　第一集　＊二二〇〇円
36　岡山の民話　＊二〇〇〇円
37　屋久島の民話　第一集　＊二〇〇〇円
38　屋久島の民話　第二集　＊二〇〇〇円
39　栃木の民話　第二集　＊二二〇〇円
40　八丈島の民話　＊二〇〇〇円
41　京都の民話　＊二〇〇〇円

42　福島の民話　第二集　＊二〇〇〇円
43　日向の民話　第二集　＊二〇〇〇円
44　若狭・越前の民話　第一集　＊二二〇〇円
45　阿波の民話　第二集　＊二〇〇〇円
46　周防・長門の民話　第二集　＊二二〇〇円
47　天草の民話　＊二〇〇〇円
48　長崎の民話　＊二〇〇〇円
49　大分の民話　第一集　＊二〇〇〇円
50　遠江・駿河の民話　＊二〇〇〇円
51　美濃の民話　第一集　＊二〇〇〇円
52　福岡の民話　第二集　＊二二〇〇円
53　土佐の民話　第一集　＊二二〇〇円
54　土佐の民話　第二集　＊二二〇〇円
55　越中の民話　第二集　＊二〇〇〇円
56　紀州の民話　＊二〇〇〇円

57 埼玉の民話 *二〇〇〇円
58 加賀・能登の民話 第二集 *二二〇〇円
59 大分の民話 第二集 *二〇〇〇円
60 佐賀の民話 第一集 *二〇〇〇円
61 鳥取の民話 *二〇〇〇円
62 茨城の民話 第一集 *二二〇〇円
63 美濃の民話 第二集 *二〇〇〇円
64 上州の民話 第二集 *二〇〇〇円
65 三河の民話 *二二〇〇円
66 尾張の民話 *二二〇〇円
67 石見の民話 第一集 *二〇〇〇円
68 石見の民話 第二集 *二〇〇〇円
69 佐渡の民話 第二集 *二〇〇〇円
70 越後の民話 第二集 *二〇〇〇円
71 佐賀の民話 第二集 *二〇〇〇円

---

72 茨城の民話 第二集 *二〇〇〇円
73 若狭・越前の民話 第二集 *二〇〇〇円
74 近江の民話 *二〇〇〇円
75 奈良の民話 *二〇〇〇円
別巻1 みちのくの民話 *二〇〇〇円
別巻2 みちのくの長者たち *二〇〇〇円
別巻3 みちのくの和尚たち *二〇〇〇円
別巻4 みちのくの百姓たち *二〇〇〇円